# トリプル・ゼロの算数事件簿（さんすうじけんぼ）

作　向井湘吾
絵　イケダケイスケ



ポプラ ポケット文庫

# もくじ

# あとがき

# ミッション1 かけっこ〝オドロキの必勝法〟

## 1 ハゲ＋1＝ハゲ

「人類は、全員ハゲだ」

太い枝の上に寝そべったまま、有明雄天はきっぱりと言った。頭の上で、葉っぱがサワサワと風にゆれる。昼寝してくれと言っているかのような、気持ちのいい春風だった。自然と、あくびがこみ上げてくる。

木の下からは、小柄な男子がこちらを見上げていた。口をとがらせ、彼は言う。

「雄天、変なこと言うなよ」

「変じゃないさ。二千年以上も前のえらーい学者が、きっちり証明したことだぜ？」

そう答えてから、雄天はニヤリと笑った。木の下にいる男子は、いまいち納得できないようである。

「そんなわけないだろ？　だったら、きみもおれもハゲってことになっちゃうぞ」

「そうさ。おれも恭平もハゲだ」

自信マンマンの声で、雄天はそう答えた。こちらを見上げている同級生――轟恭平は、いよいよ困ったような顔になった。あたりまえだ。いきなり「おまえはハゲだ」と言われて、「はい、そうですか」なんて答えられるはずがない。

恭平は、自分の髪の毛をさわって、フサフサであることをたしかめている。

五年生になってから、初めてのイベント――春の遠足の真っ最中のことだった。

山の上にある、芝生の公園。新しいクラスの新しい仲間たちが、思い思いの場所にシートを広げて、もぐもぐ口を動かして、楽しそうに笑っている。そんな中で、雄天は木の上に寝そべって、同じクラスの恭平と、ハゲだのなんだのと言い合っている。

雄天は、もう一度あくびをした。それから、目じりに浮かんだ涙をふくと、こんなふうに切りだした。

「なあ、恭平。髪の毛がゼロ本の人は、ハゲだよな？」

「それは、そうだね」

「だったら、髪がゼロ本の人から、一本だけ髪が生えてきたら、その人はどうだ？」

「一本だけ増えたって、ハゲはハゲだよ」

　少しとまどいながらも、恭平は答えた。そりゃあそうだ。一本くらい増えたって、見た目は変わらない。

　指を一本立てて、雄天は木の上から言う。

「そのとおりだ。ハゲの人の頭に、一本だけ髪が生えたって、やっぱりハゲなのさ」

「それが、いったいどうしたの？」

「ハゲの人に髪の毛が一本生えてもハゲ。もう一本生えても、やっぱりハゲ。つまり『ハゲ＋1＝ハゲ』だな。それを、何度も何度もくり返してみろよ」

　そう言うと雄天は、チッチッチッ、と指を左右にゆらしてみせた。木の下の恭平が、「あれ？」と言って首をひねる。

「ほらな？『ハゲ＋1＝ハゲ』を何回くり返しても、ハゲはハゲのまま。髪の毛が

+1
+1
+1
ハゲ+1=ハゲ

何本あったって、みんなハゲなんだよ」

得意気な声で、雄天は言った。反論を思いつかないのか、恭平は、ぐうの音も出ない様子である。

「連鎖のパラドックス」。古代ギリシャの天才が思いついた、算数の問題だ。こんなことを考えているなんて、古代ギリシャ人はよっぽどヒマだったのだろう。

「パラドックス」とは、「正しそうに見えて、じつは間違っているもの」。さっきの話も、「ハゲ＋1＝ハゲ」という式は正しそうに見える。どこが間違っているのか説明しろと言われても、なかなか難しい。

「雄天。きみはすぐにそうやって、算数でごまかそうとするよなぁ」

頭をかきつつ、恭平がそう言った。

そもそも、なぜハゲの話になったかというと……。木の上で昼寝をしようとしていた雄天に、恭平がこんなことを言ったからだった。

――うちのお父さんが言ってたぞ。運動しないと将来ハゲるって。

本当にハゲるのかどうか、雄天は知らない。

けれど、そんなことで昼寝の時間を邪魔されたくなかった。だからこそ、「連鎖のパラドックス」の話をして、恭平を追いはらおうと思ったわけだ。

「とにかく、人類はみんなハゲなんだから。ハゲを悪く言うことは、自分を悪く言うのといっしょなんだ。わかったか、恭平」

そう言うと、雄天は話を切り上げた。まぶたがだんだん重くなってくる。

それにしても。

枝の上でゆっくりと目を閉じつつ、ぼんやりとする頭で雄天は思う。

昼寝というのは、なぜか、夜に寝るよりもずっと心地いい。

念のため言っておくと、雄天はべつに、クラスメイトから仲間はずれにされているわけではない。ただ、おにぎりを食べたら眠くなってしまっただけである。

雄天がこの世で一番きらいなのは、ガマンをすることだ。

だから雄天は、クラスメイトと遊ぶことより、木の上で寝ることを選んだ。ぬるま湯にでもつかるように、夢と現実の間でふわふわと浮く。

けれど。

そのぬるま湯から、腕をつかんで引っぱり上げようとするように。恭平が、また話しかけてくる。

「なあ、雄天。せっかく遠足に来たんだから、遊ばないと損だよ」

「損とか得とか、そういう話じゃないんだ。おれは眠いから寝る。それだけだ」

「グータラなやつだな」

そう言って、恭平はおかしそうに笑う。失礼な、と思ったけれど、事実なのでなにも言い返せない。実際、雄天はグータラである。

雄天の性格は、恭平に知りつくされている。そして同時に、恭平の性格を、雄天はすみずみまで知っている。恭平とは、小学一年生のときからずっと同じクラスだから。

小柄な恭平は、忍者みたいにすばしっこく、スポーツも大得意。そして、ちょっと変わっている。

「おりてきなよ、雄天」

歯を見せてニカッと笑って、恭平は言う。

「いっしょにさ、正義のヒーローやらない？」

「やらない」

雄天は、一秒でことわった。残念そうな顔をする恭平。このやり取りも、もう何度目になるかわからない。

ポカポカとした四月の陽射しが、葉っぱの間から降りそそぎ、雄天の顔をさんさんと照らす。

恭平は、平たく言うとオタクである。日曜日の朝にやっているヒーロー番組は、毎週録画。教室でも、よく変身ポーズを決めて、みんなの笑いをとっている。

そして最近では、なんと自分がヒーローになりたいと言いだした。テレビの見すぎである。幼稚園児じゃあるまいし……。

「恭平、今は遊ぶ気分になれないんだ。また今度な」

「遊びじゃないっての」

ちょっと怒った顔で、恭平が言う。本当に変わったヤツだと、雄天は思った。

「おーい。ドッジボールやるぞ～」

そのとき、二人に向けて遠くのほうから声が飛んできた。しかたなく枝の上で体を起こして、目を向ける。うちのクラス――五年三組のみんなが集まって、こっちに手を振っている。

もう、みんなお弁当を食べ終えたわけか。

ぼんやりとみんなのほうを見ていると、いきなり、恭平が木の幹をバンバンとたたいた。

「ドッジボールだってさ。いつまでもそんなところにいないで、雄天も行こう」

「それどころじゃない。何度も言うが、おれは寝るのに忙しい」

「そんなこと言うなよ。楽しいぞ」

「うちのクラスは37人学級、つまり奇数だ。おれがいなければ36人。２チームに分かれるんなら、偶数のほうがいいだろ」

そこまで言いきって、雄天はまた、ゴロンと枝の上であおむけに寝そべった。

算数がからんだときだけは、雄天の頭は、だれよりも速く回る。ほかの科目はダメダメだけど、算数だけは大得意。まだ五年生になったばかりなのに、もう六年生の勉強まで終えてしまっている。そこらの小学生くらいには、決して負けない自信がある。

なにをかくそう、このとんでもない眠気の原因も、昨日の夜、遅くまで夢中で算数の問題を解いていたせいなのである。

なにはともあれ、これで恭平も、あきらめてどこかへ行ってくれるだろう……。

「ああ、人数のことか。なら大丈夫、心配しないで」

しかし恭平は、へらへらと笑うと、自信マンマンにこんなことを言いだした。

「今日の遠足には、うちのクラスは1人休みがいるんだ。だから雄天、きみを入れてちょうど36人だよ」

言われて、雄天は頭をかかえたくなった。

そうだった……。たしかに今日は、女子が1人休んでいた。

雄天は、すぐに次の言いわけを考えようとしたけれど、遅かった。木をユサユサとゆさぶられ、転げるように、雄天は地面に落とされた。

「いたた……恭平は、小さいのにすごい力だな」

「あたりまえだよ。ヒーローに力がなかったら、悪と戦う人がいなくなっちゃう」

得意そうに言うと、恭平は、雄天の服をつかんだまま走りだした。引っぱられて、雄天（ゆうてん）もあわてて、足を動かす。

「ほら、はじまっちゃうよ。早く行こう」

そんなふうに、恭平（きょうへい）が声をはずませる。

上のまぶたと下のまぶたが、今にもくっつきそうなんだけどなぁ……。

心の中でそうぼやくと、雄天は大口をあけてあくびをした。


この公園には、芝生（しばふ）の広場のとなりに、土の地面の広場がある。

雄天たちの学校――夕陽（ゆうひ）の丘（おか）小学校は、各学年三クラスだ。芝生の広場では、一組がドロケイ、二組がキックベースをやっているようである。雄天たち三組は、土の地面の広場をめいっぱい使って、ドッジボール用のコートをかいた。18人ずつ、2チームに分かれて対決だ。

「チーム名は、〝ライダーチーム〟にしよう」

「え〜ダサいよ」

恭平の意見に、女子たちが反対している。いいぞ、もっと反対してくれ。

そう考えつつ、雄天はさりげなく、コートのすみっこに移動した。そこで、銅像のように動きを止め、気配を消す。

結局、チーム名が決まらないまま、試合がはじまった。ジャンプボールで、ボールが敵チームにわたる。

それからボールは、目まぐるしく飛び交いはじめた。外野へのパス、そして内野への攻撃……。敵も味方も、続けて何人かがアウトになった。恭平はボールを奪うために、わざわざ自分からつっこんでいく。

今のところ、ボールが雄天のほうに飛んでくる様子はない。

体が睡眠を求めているので、雄天はすばやく動けない。けれど、やるからにはアウトになるのはごめんである。だって、ボールに当たったら痛いし。

もしねらわれたら、得意の算数を使って切り抜けてやる。

前にテレビで見た。ドッジボールの大会に出るような小学生は、時速60キロくらいの球を投げるという。時速60キロというのは、1時間あたり60キロ進む速さ。道路を走っている車と同じくらいのスピードだ。分速や秒速になおすと、こうだ。

時速60キロ＝分速1キロ＝秒速およそ17メートル

つまり、時速60キロのボールは、1秒で約17メートル進むわけだ。それをよけるのに必要な時間は……。

「雄天、危ない！」

「ん？」

チームメイトのだれかの声がして、雄天はふと顔を上げた。正面には、今まさにボールを投げようと、体を弓のようにしならせている男子がいる。

あ、これヤバい。

間違いなく、おれをねらってる。

雄天の中に眠っていた生存本能が、「アブナイ！　ニゲロ！」と告げていた。敵の手からボールが放たれると同時に、考えるよりも先に体が動く。

けれど、何度も言うように、雄天は今、眠くてしかたがない。ボールをよけるのはムリである。

だからとっさに、雄天(ゆうてん)は手近にいた一人の男子の襟(えり)を引っぱった。「ぐえっ」という声とともに、雄天の前で盾(たて)になったのは……恭平(きょうへい)だった。

バシン！

「ぐわあぁ！」

コートいっぱいに、悲鳴が響(ひび)きわたる。

しまったなぁ……。

計算に、集中しすぎた。

心の中でそんなことをつぶやくのと、ほとんど同時。ボールを顔面で受けた恭平が、目の前であおむけにぶっ倒(たお)れた。


「あとで覚えておけよ」

「まあまあ。鼻血でなくてよかったな」

笑いをこらえながら、雄天はそう言った。恭平は、さっきからずっとムスッとしている。鼻の頭が、まだ赤くなったままだ。

雄天は結局、倒れた恭平につきそってドッジボールを抜けた。木のかげまで運んで、しばらく休けい。

「当たったのは顔面だった。だから、アウトじゃない」

「ああ、そうだな」

木にもたれかかって、雄天は言った。

みんなのほうに目を向ける。いつの間にか、ドッジボールは終わったようである。

「だれが一番速いか、競走だ！」

背の高い男子が、大声で叫ぶ。すると、それを合図にしたみたいに、男子たちが横一列に並びはじめた。

どうやら、今度はかけっこをするらしい。

「顔の痛みが引いたら、恭平も行ってきたらどうだ?」

「フフフ。ヒーローは、ムダな争いをしないのさ」

恭平が、すました声で答える。たしかに、わざわざ競走しなくても、恭平がクラスで一番速いのはわかりきっている。鼻を赤くしてそんなことを言っても、ぜんぜんカッコよくはないけれど。

「よーい、ドン！」

だれかの大声とともに、五年三組の男子たちはいっせいに走りだした。土の上を、風を切って、飛ぶように走る。

雄天（ゆうてん）は恭平（きょうへい）のとなりで、その競走をぼんやりとながめた。頭は自然と、計算をはじめる。

50メートルを８秒で走れたら、秒速６・２５メートル。

分速になおすと、３７５メートル。

時速にすると２２５００メートル。つまり、22・５キロメートル。

50メートルのタイムが８秒の人は、時速22・５キロというわけか……。

「よっしゃあ！　おれの勝ちだ！」

雄天が計算を終えるのとほとんど同時に、トップの男子がゴールした。続けて、ほかの人も次々とゴールする。

「やっぱり、剛志が一位か」

雄天がつぶやくと、恭平も笑ってうなずいた。ふだんの体育で見るかぎり、うちのクラスのスポーツマンといったら、恭平がナンバー1で、剛志がナンバー2だ。運動会になったら、きっとこの二人が活躍してくれることだろう。

ただ……。

剛志は、性格にちょっと問題がある。

「じゃあ、ビリは罰ゲームだ！」

イキイキとした声で、剛志が高らかに言った。手下を処刑する魔王みたいな笑い顔。

「シゲ。今日のおまえのおやつは、全部おれがいただく！」

「ええ、そんなぁ……」

血も涙もないことを言われて、茂樹が泣きそうな声を出す。茂樹――あだ名はシゲ。背が低くて、体がもやしみたいに細い、見るからに運動の苦手そうな男子だ。

かけっこ勝負をしたら、シゲがビリになることは目に見えていた。それなのに、「負けたからおやつ没収」だなんて、罰ゲームでもなんでもない。ただのイジメである。

「剛志のヤツ。またシゲにいやがらせしてるよ」

けわしい顔をして、恭平は言う。

新しいクラスになってから、剛志は毎日のように、シゲにちょっかいを出している。

最初は、「おまえ、チビだな」とか言ってからかうだけだったけど、だんだんひどくなってきた。そうじの時間にぞうきんを投げつけたり、消しゴムを取り上げて返さなかったり……。

そして、あげくのはてに「おやつ没収」。

やりたい放題の剛志に、シゲも困り顔である。けれど、気が小さいから、文句も言わずにガマンしているのだろう。

さて、どうしたものか。

「雄天。やっぱりおれ、ちょっと行ってくるよ」

「おい、どうするつもりだ？」

「まあ、見ててくれ。今こそヒーローの出番だ」

ニヤッという笑いを残して、恭平はスタスタと歩いていった。追いかけようかとも思ったけれど、ひときわ大きなあくびがこみ上げてきたので、やっぱりやめておく。

ちなみに、さっき恭平の顔面にボールをブチ当てたのも、なにをかくそう、剛志である。だから、もしかしたら恭平も、剛志に仕返しをしたいのかもしれない。

けれど、ケンカとなると、小柄な恭平が不利ではないだろうか。

そんな心配をよそに、恭平は、剛志の目の前に立ちはだかった。そして……。

「剛志！　おれとかけっこで勝負しろ！」

堂々と、言い放った。

「きみが勝ったら、おれが代わりに罰ゲームをやる！　だけど、もしもおれが勝ったら、罰ゲームはナシだ！」

広場にちらばっていたクラスのみんなが、シーンとだまる。全員、恭平と剛志の二人に注目していた。少し離れて、オロオロとしているシゲ。

木に寄りかかりながら、雄天は感心した。だれもが見て見ぬフリをしてきたイジメ。それに立ち向かっていけるくらい、恭平は勇敢なのだ。決して、ただのヒーローオタクではない。

けれど剛志は、頭をガシガシと乱暴にかくと、面倒くさそうに口を開いた。

「は？　なんで、そんなことしなきゃいけないんだ？」

「え？　だ、だって、おれヒーローだから……」

「わけわかんねぇこと言うなよ。つうか、そろそろおやつの時間だろ」

「あ、ちょっと……」

剛志は、恭平の話になど耳をかさず、プラプラと歩きだしてしまった。まわりを見わたすと、たしかに、一組と二組の生徒たちは、また芝生にシートを広げはじめている。遊びの時間は、終わったというわけか。

「ほら、行こうぜ」

剛志は、シゲの首根っこをつかんでそう言った。芝生のほうへと引っぱっていかれるシゲ。つられるように、クラスのみんなも芝生に戻りはじめる。

恭平だけが一人、取り残されていた。

そして、引っぱっていかれながらも、シゲはチラッと一瞬だけ、恭平を振り返ったように見えた。

## 2 友だちからのSOS

おやつの時間にひと眠りしようかとも思ったが、結局、ダメだった。あんなに眠かったはずなのに、帰る時間になるまで、まぶたを閉じても眠れなかった。

急にわいてきたモヤモヤとしたものが、雄天の胸の中で、眠りにつくのを邪魔していた。

言うまでもなく、シゲのことである。恭平が気にするものだから、こっちまで気になってきてしまい、とても昼寝どころではなかった。

家に帰ってきてから、リビングのソファに腰かけて、雄天は思い出す。

木の上に寝そべって観察していると、あのあとシゲは、やっぱり剛志におやつを取り上げられていた。

クラス替えから一か月もたってないけど、シゲはすっかり「いじられキャラ」になっている。けれど、「いじり」と「いじめ」の違いは、すごくあいまいだ。

今日の「おやつ没収」は、「いじり」だったのか。それとも「いじめ」だったのか。

恭平にはあれが、「いじめ」に見えた。だから勇敢にも、剛志に立ち向かったのだ。

間違ったことをやめさせようと、声を上げた。

親友が戦おうとしているというのに。

おれが知らないフリをしていて、いいのだろうか。

おれも、「なにか」したほうがいいのか。

いや、そもそも「なにか」って？

おれに、いったいなにができるっていうんだ？

そこまで考えて、雄天は、「うーん」とうなって、ソファの背もたれによりかかった。

「ややあ、ねぼすけ雄天くん。帰ったばかりだというのに、お昼寝かい？」

急に、部屋の入り口から、しわがれた声が聞こえてくる。見ると、白髪頭のお年寄りが、しわしわの顔に笑いを浮かべて立っている。

雄天の父さんの父さん。つまり、じいちゃんだ。

「おや？　なんだか浮かない顔をしとるじゃないか」

「ちょっとな」

「どれ、悩みがあるなら、じいちゃんに話してみなさい」

「いいよ、大丈夫」

「ほう、そうかい」

雄天がぼんやりとした返事をしても、じいちゃんはニコニコと笑っている。歯の抜けた口が、やさしくほころんでいる。

雄天の家は、雄天と、父さんと母さんと、じいちゃんの四人暮らしだ。父さんと母さんには、しょっちゅうしかられている雄天だけど、じいちゃんにしかられたことは一度もない。

母さんが買ってくれないゲームを、こっそり買ってくれたこともある。仕事で忙しい父さんの代わりに、遊園地につれていってくれたこともある。

　じいちゃんはいつだって、雄天の味方だった。今日だって、そうだ。

「もしも、おまえにイジワルをするヤツがいるなら、じいちゃんに言いなさい。こらしめてやるぞ」

　そんなことを言って、じいちゃんは自分の腕をぺしぺしとたたいた。力こぶを作ったつもりなのかもしれないけれど、こぶがあるのかないのか、雄天にはわからない。

思わず、苦笑い。

「なにがおかしい。じいちゃんは、若いころは警察官だったんだ。どんなヤツだって、ひとひねりだぞ」

「ムリだって。じいちゃん、もうずっと運動してないんだろ？」

「む……」

「そんな体でケンカなんてしたら、１秒ごとに骨が2本は折れると思う。10秒で20本、1分間で１２０本」

「そこまで弱っとらん！　まあ、たしかに少しくらい腕がなまったかもしれんが、まだまだ若いもんに負けない武器だってあるぞ」

「武器？」

　なんのことだかわからず、首をかしげる雄天。じいちゃんは得意そうに、自分の胸をトントン、と親指でさした。

「ここだよ、ここ」

　歯の抜けた口で、ニカッと笑う。

「孫を愛する〝はーと〟なら、だれにも負けんわい」

「あー、はいはい」

「こりゃ！　じいちゃんは大マジメだぞ」

そう言って、じいちゃんは口をへの字にした。怒っているのではなくて、へそをまげているときの表情。こういうところが、子どもみたいな人だ。

「いいか、雄天くん。悪いヤツをやっつけたり、困った人を助けるための武器は、腕っぷしだけとはかぎらんのだ」

「そうなのか？」

「うむ。雄天くんなら、算数かな」

言われて、雄天はドキリとした。

算数は雄天の得意分野だけど……。じいちゃんにそんなことを言われるとは、思いもしなかった。

「たしかに、雄天くんはよく忘れ物をするし、寝てばっかりだし、成績は悪いし、カナヅチだし、テレビゲームばっかりやって、よくお母さんに怒られとる」

「うっ……」

「それでも、じいちゃんは知っとるぞ。雄天くんには、すごい才能がある」

じいちゃんは、まるで自分のことのように、誇らしげにそう言った。

グサグサと痛いところをつかれたかと思ったら、急に「すごい才能がある」だなんて。雄天はしばらく、なんと答えればいいのかわからなかった。

「じいちゃん、それ、ほめてんの？　けなしてんの？」

「もちろん、ほめとるんだ」

そう言うと、じいちゃんはまた笑った。この人は一日のほとんどを、笑顔ですごしているのではないだろうか。雄天もつられて、口もとをゆるめた。

算数がおれの武器、か。

心の中で、雄天はそっとつぶやく。

なあ、じいちゃん。

本当に算数で、困った人を助けられるのかな？

いつから算数が好きになったのか。あまりに昔のことだから、雄天はもう、よく覚えていない。

けれど、ともかく雄天は、あるとき気がついた。自分たちの生きている世界は、算数で満ちている、と。

目覚ましが七時ちょうどに鳴るのは、時計が一秒一秒をきっちり刻むから。

朝食のパンがおいしく焼き上がるのは、トースターの温度が精密に計算されているから。

テレビのニュースが天気予報を流せるのは、雲の動きや風の強さを正しく測れているから。

算数がなければ、どれ一つとしてうまくいかない。

算数がなければ、雄天たちは、気持ちよく朝を迎えることすらできないのだ――。

「あのさ、おれたちは今、なにをしているわけ？」

「シッ。静かに」

口もとに指を当て、恭平が小声で言った。雄天はだまって、肩をすくめる。それから、恭平のマネをして、廊下の角から首をつき出し、向こうをそっとうかがった。

　こういうのをなんと呼ぶか、雄天は知っている。いわゆる「ストーカー」である。二人の視線の先には、のっぽとチビの二人組が歩いている。いや、正しく言うと、のっぽがチビを引っぱって歩いている。

　遠足の次の日の放課後。雄天たち二人は、剛志とシゲのあとを、見つからないようこっそりとつけていた。

　おれはどうして、こんなことをしているんだ。

　心の中でそうぼやいて、雄天は数分前のことを思いだす。帰りの会が終わって、いつものように恭平といっしょに帰ろうとしたとき。剛志とシゲが教室を出ていくのを目にして、雄天はふと、こんなことをつぶやいたのだ。

　――シゲのこと、心配だな。おれらになにか、できることはないかな。

　本当に、なにげないつぶやきだった。けれど、それを聞いたとたん、恭平は満面の笑みを浮かべた。

　そして、言った。

――よし、出動だ！

そんなわけで雄天は、恭平といっしょに、剛志とシゲを追うことになったのだ。

だれもいなくなった廊下を、剛志たちが進む。物かげにかくれながら、それを追う雄天と恭平。スパイ映画みたいに、足音を立てないよう、そろそろ歩く。

掃除用具入れのかげにかくれたとき、声をひそめて、雄天は聞いてみた。

「こんなことして、どうすんだ？」

「シゲが剛志をどう思ってるのか、調べるんだ。『いじり』は、相手がイヤがったときに『いじめ』になる」

剛志とシゲから目をはなさずに、恭平は答える。

なるほど。コイツも少しは、まともなことを言うものだ。雄天は思わず、感心してしまった。

「いじり」は、相手がイヤがったときに「いじめ」になる。

たしかに、そうだ。もしかしたら、シゲ自身はイヤがっていないかもしれない。そうだとしたら、剛志がやっているのは「いじめ」ではなく「いじり」。もしも助けたって「よけいなお世話」だ。

だから、二人のやり取りを観察するわけか。シゲが、剛志のことをどう思っているか、たしかめるために。

雄天と恭平が、物かげからじっと見ていると……剛志は、シゲの腕をつかんだまま、廊下のはしっこにある教室へ入っていった。

そこは、今は使われていない空き教室だった。

こんなところで、なにを？

不思議に思って、雄天と恭平は顔を見合わせる。それから、思いきってドアのすき間から中をのぞいてみた。

教室の真ん中あたりに立つ、剛志とシゲ。二人の足もとには……なにかの破片のようなものがたくさん散らばっている。

「ほら、これだ。割っちまってさ。たのむぜ」

「う、うん」

教室の中から、二人の会話が聞こえてくる。雄天は、そこでようやく、なにが起

こっているのかわかった。

剛志は、ここで遊んでいて、花瓶かなにかを割ってしまったのだろう。そして、その掃除をシゲにやらせようとしているわけだ。

「ひどい男だ。こらしめてやる」

「おい待て、早まるな」

そう言って、雄天はあわてて恭平の肩をおさえる。「いじり」か「いじめ」かを見きわめようと言いだしたのは自分なのに。せっかちな男だ。

「よく見てみろ」

そう言って、雄天はシゲのほうを指さす。

恭平は小さく「あっ」とつぶやいた。

剛志のとなりに立つシゲは……うっすらとほほえみを浮かべていた。

「笑ってるな」

「ああ。案外、シゲ本人も、そこまでイヤじゃないのかも」

コクッとうなずき、雄天は言う。

もしも、シゲがイヤがっていないなら、雄天と恭平が首をつっこむわけにはいかない。

「じゃあ、あとはヨロシク」

そう言って、剛志がこちらを振り返った。二人はあわてて、ドアからとびのく。アクション映画みたいなすばやさで、となりの教室にころがりこんだ。

ドアが開く音がしたかと思うと、二人がかくれている教室の前を、剛志が鼻歌を歌いながら通りすぎていった。

鼻歌が聞こえなくなるまで待ってから、雄天と恭平は、そろそろと教室を出る。もう一度、ドアのすき間から空き教室をのぞきこんだ。

こちらに背を向けて、せっせとホウキを動かすシゲ。

「せっかくだし、手伝っていこうか」

小声で、恭平がたずねてくる。たしかに。それがいいかもしれない。

そう思って、雄天がうなずきかけた、そのときだった。

「はあ……」

教室の中から、小さな小さなため息の音が、雄天の耳にたしかに届いた。

そして、直後に発せられたつぶやきも、雄天は聞き逃さなかった。

「もう、やだな……」

胸に、刃物をつきたてられたような痛みが走る。聞こえてきたのは、それほどまでに悲しげな声だった。思わず、ドアにふれている手に力がこもる。

ガタッ
しまった……！

「えっ？　だれかいるの？」

力が入った拍子に、ドアが音を立ててしまった。振り返り、おずおずと歩みよってくるシゲ。

迷うヒマはなかった。声を立てずに、二人は廊下を、もと来た方向へとかけだした。走った。ひたすら走った。

五年三組の教室にたどりつくころには、雄天は、すっかり息が上がってしまっていた。一方、恭平は、たいして息切れしていない。さすが、クラス一のスポーツマンである。

「はぁ……はぁ……なあ、恭平……逃げる必要、あった？」

「そんなの、わかんないよ」

「ぜぇ……ぜぇ……それに、聞いたか？」

「うん、聞いた」

真剣な表情で、恭平がうなずいた。

やっぱり。雄天の聞き間違いでは、なかったわけか。

——もう、やだな……。

あのときシゲは、たしかにそう言った。心の底から、苦しんでいる声だった。

やっぱり、シゲはイヤがっている。さっきのほほえみは、きっと作り笑いだったのだろう。

息を整えつつ、雄天はたずねた。

「恭平、これからどうするんだ？」

「決まってる。あんなの聞いたら、助けないわけにはいかないよ」

「だよな」

雄天は、ポツリと答える。すると恭平の顔が、パッと明るくなった。

「じゃあ、いっしょに正義のヒーロー、やってくれるんだね？」

「いや、そうじゃないんだ。正義とか、ヒーローとか、そういうの、おれにはよくわかんないから」

首をそっと横に振り、雄天は語る。

じいちゃんと話して、考えたこと。

シゲの声を聞いて思ったこと。

それらを、慎重に言葉にしていく。

「だけどさ、シゲはSOSを出してるんだ。正義も悪も関係ない」

友だちが、助けを求めているなら。

ほかに理由なんていらなかった。

雄天は、自分だけの武器をふりかざすと決めた。

「考えよう。どうやってシゲを助けるか」

雄天がきっぱりと告げると、恭平は首をタテに振った。彼は、近くにあったイスに座って、力強く言った。

「よしきた。そういうことなら、おれにいいアイディアがあるんだ」

「いいアイディア?」

雄天は自分も、手近なイスに腰を下ろす。恭平が、身を乗りだして話を続ける。

「テレビとかだと、バトルに負ければ、敵も悪さをやめるんだ。剛志もそうじゃないか?」

「バトルって?」

「そりゃあもちろん、パンチとかキックとか、ビームとか」

「少しはヒーローから離れろよ」

雄天はため息をついた。

そもそも、ふつうの小学生はビームなんて出せない。

「もっとこう、おれと恭平の武器を合わせるような、そんなやり方はないか？」

「武器？」

「たとえば……算数を使うとか」

ちょっとためらいがちに、雄天は言ってみた。とたんに、恭平の目が皿のように丸くなる。

「それ、本気で言ってる？」

「ああ。本気だ」

「でも、算数を使うヒーローなんて、聞いたことないよ」

「そう、聞いたことがない。だからこそ、だれにも思いつかない作戦を、ひねり出せるんじゃないか？」

雄天がそう言うと、恭平は、心の底から驚いたようだった。それから彼は、難しそうな顔をして腕を組み、首をひねる。

「それができたら、たしかにすごい。だけどぜんぜん、見当もつかない」

途方に暮れたように、恭平は言った。ムリもない。自分で言っておいておかしいけれど、雄天にだって見当もつかない。算数が苦手な恭平では、なおさらだ。

二人はしばらく、だれもいない教室のすみっこで、頭をかかえて考えた。時計の音が、カチコチ響く。

十分くらい悩み続けたころだろうか。頭をポリポリとかいて、恭平が言った。

「やっぱり、算数から離れようよ。ほら、かけっこバトルとか、どうだろう？　あれは、いいアイディアだと思ったんだけど」

それを聞いて、雄天は、遠足のときの恭平を思い出した。イジメのような「罰ゲーム」をやめさせるために、恭平は剛志にかけっこ勝負をいどんだ。

たしかに、かけっこで勝負するなら、パンチやキックやビームで戦うよりは、よっぽどいい。

だけど……。

「恭平がシゲの代わりに走ったって、意味ないだろ。やるなら、シゲに勝たせないと」

「でもシゲ、とんでもなく足が遅いもん」

苦い薬を飲んだみたいな顔で、恭平は言う。

「ウサギとカメの競走みたいに、剛志が途中で昼寝でもしてくれなきゃ、勝てっこないよ。剛志がウサギで、シゲがカメ」

「おいおい、いくらシゲでも、カメよりは速い……」

そう言いかけて、雄天は途中で言葉を切った。

シゲが、カメ？

その瞬間。

雄天の頭の中に、稲妻のような光がひらめいた。

「それだ！」

気がついたときには、雄天は叫んでいた。その勢いに押されて、恭平はあやうくイスごとひっくり返りそうになっている。

「な、なんだよ、急に大声出したりして」

「あるんだよ。ウサギが昼寝をしなくたって、カメが勝つ方法はあるんだ」

雄天の頭の中で、新鮮なアイディアたちがうずを巻いている。興奮をおさえつけるのに、ひと苦労だった。

「そんなの、いったいどうやって……？」

「二千年以上前の算数を、使ってやればいいのさ」

自信を持って、雄天は答えた。無関係に見えていた、かけっこと算数。その二つが今、たしかに結びつく。

この日、この時、この場所で。彼らの熱き戦いの日々は、静かにはじまった。

けれど二人は、まだそのことを知るよしもない。

## 3 本気のウサギを負かすカメ

胸の前で腕組みをして、剛志は立っていた。放課後、だれもいない校舎の裏側に、たった一人で。

ポケットには、一通の手紙。いつの間にか、剛志の机に入れられていたものだ。

## 今日の午後四時、校舎裏で待つ　シゲ

「どう見ても、果たし状だよな……」

顔をしかめて、剛志はぼやく。

あのチビ、いったいなにを考えてやがるんだ。いつもオドオドして、おれの言うことを聞いてるくせに。まさか、なんか文句でもあるってのか？

頭の中でいろいろ考えてはみたが、まったくわからない。そもそも、あのシゲが剛志を呼び出す、というのが予想外すぎるのだ。

「いつもと逆じゃねぇか」

立ちつくしたまま、ぼそっとつぶやく。ちょうど、そのときだった。

校舎のかげから、ひょっこりとシゲが現れた。

「よぉ、シゲ」

片手を上げて、声をかける剛志。シゲは、水をかけられたネコみたいに、体をビクッとふるわせた。

「……やあ。剛志くん」

なんだ。

剛志は思わず、力が抜けてしまった。

気の弱そうな、いつものシゲじゃねぇか。

「この手紙、いったいどういうつもりだ？　まさか、おれと決闘でもしようってのか？」

「え、あの、えっと……ぼくは……」

オドオドと、はっきりしないしゃべり方。これもいつもどおりだ。

やっぱり、おかしい。

こいつが果たし状なんて、出せるはずがない。

「おれが、かわりに説明しよう」

いきなり、背後からそんな声が聞こえて、剛志は驚いて振り返った。いつの間にか、

一人の男子がそこにいた。

「なんだ、てめぇは？」

「名乗るほどの者じゃない」

面倒くさそうな調子で、彼は言った。ふざけたヤロウだ。いつでもなぐりかかれるように、剛志は拳を固める。

それにしても、こいつのカッコウはどうもおかしい。

その男は、野球帽を深くかぶって、おまけにサングラスまでかけていた。まるで、顔をかくしているみたいだ。

年下か、年上か。そもそも、うちの学校の生徒なのか。

剛志がジロジロと見ていると、そいつは

大きなあくびをした。

なめやがって。

「おっと、そんなに怖(こわ)い顔をしないでくれ。おれは、あんたとケンカをしたいわけじゃない」

「てめぇ、なにがねらいだ？　なにしにここへ来た？」

「審判(しんぱん)だよ」

「シンパン？」

「ああ。これから、あんたら二人には、かけっこをしてもらう」

「は？」

かけっこだって？

わけがわからず、剛志(つよし)は口をポカンとあけた。しかし、帽子(ぼうし)にサングラスの男は、まったく気にせず話を続ける。

「剛志くん。あんたが勝ったら、おれがあんたの言うことを、なんでも一つ聞いてやろう。だが、もしシゲくんが勝ったら、もう二度とシゲくんへのイヤガラセをしないと、約束してもらう」

「ふざけんな！　なんで、おれがそんな勝負をしないといけないんだ！」

たまらず、剛志は怒鳴った。少し離れたところで聞いていたシゲが、泣きそうな顔でオロオロしている。腹が立って、剛志は帽子の男に背を向けた。

「もういい。おれは帰る」

「へぇ。負けるのが怖いのか？」

「そんなわけねぇだろ！　勝負するまでもねぇ、っつってんだよ！」

振り返らずに、大声で返した。

そうだ。勝負するまでもない。

この前のかけっこだって、おれが一番で、シゲはビリだった。相手になるはずがない。

それなのに。

「だったら、あんたの不戦敗、ってことにしちゃうけど？」

このふざけた男は、後ろからそんなことを言ってくる。

バカにしやがって。

いいかげん、頭にきた。剛志は、勢いよく振り向いた。

「……いいだろう。やってやんよ。おれが勝って、てめぇに土下座させてやらぁ」

「先に校舎を一周したほうの勝ち。カンタンだろ？」

帽子にサングラスの怪しい男が、フワフワとした調子でそう言った。眠気でもこらえているような話し方。なんともムカつくが、こいつに土下座をさせるために、今はガマンだ。

さっきまでは気にならなかったが、シゲは白い体操服で、赤白帽までかぶっている。

完全に体育のときのカッコウ。やる気マンマン、ってわけだ。

おいおい。マジでおれに勝つ気なのか？

「二人の50メートルのタイムは？」

怪しい男が、剛志とシゲにたずねてくる。ちょっと考えてから、二人は順番に口を
開いた。

「いつもまちまちだけど、7秒9、とかだな」

「ぼくは、9秒5が最高記録……」

恥ずかしそうに、モジモジするシゲ。剛志はニヤリと笑った。

ほら見ろ。このタイム差で、おれが負けるはずがない。

しかし、剛志が心の中でそうつぶやいたのと同時。サングラスの男は、いきなりこんなことを言いだした。

「じゃあ、ハンデをつけよう」

「ハンデだと?」

「ああ。シゲくんには、ここからスタートしてもらう」

言いながら、サングラス男は足で地面に線を引いた。剛志がいる位置から、10メートルくらい前だった。

「悪いな、剛志くん。けど、こうでもしなきゃ勝負にならないからね」

「べつにいいぜ。おれは、そこまでケチな男じゃねぇ」

そう言って、剛志はシゲをチラッと見た。不安そうな目で、地面に引かれたスタートラインを見つめている。

シゲにも、わかっているのだ。校舎一周が何百メートルあるかは知らないが、あのくらいのハンデなら、あってもなくても変わらない。

たぶん、あの果たし状を書いたのも、シゲではなくサングラス男なのだろう。どうやったって剛志には勝てないことくらい、シゲはよく知っている。

おれとシゲのつきあいに、勝手に首をつっこんできやがって。そうだ。おれが勝ったら、あのふざけたサングラスもはずしてもらおう。正体を暴いたら、「アイツは変なヤロウだ」って学校中に言いふらしてやる。

そう心に決めて、剛志はほくそ笑んだ。

すると、サングラスの男が、世間話でもするような口調で、またおかしなことを言いだした。

「ところでさ。あんた、『ゼノンのパラドックス』って知ってるかい？」

「は？　ぜのんの……、なんだって？」

「ゼノンのパラドックス」

剛志が聞き返したので、サングラス男は、今度はゆっくりそう言った。けれど、どっちにしろ聞いたこともない言葉だった。

「いいや、知らねぇな」

ぶっきらぼうに、剛志は言った。

こいつがなにを言いたいのか、まるでわからない。だが、これ以上おれをからかうつもりなら、一発ぶんなぐってやる。

そう、思ったときだった。

「知らないか。じゃあ、教えてあげよう」

その言葉とともに、男のまとう空気が一変した。

さっきまでの、眠たそうな声ではない。鋭く研ぎすまされた刃のような、芯のとおった声だった。

「大昔に作られた、算数の問題さ」

「大昔？」

「ああ。紀元前の話だ」

「紀元前……」

つぶやきながらも、とまどう剛志。

なんだ？

目の前にいるのは、さっきまでと同じヤツ。

だけど、なにかが変わった。それも、算数の話をはじめたとたんに。

「そうだ。紀元前というと、西暦がはじまる前だから、二千年以上も前のこと。その時代に生きていたゼノンという人が、ある算数の問題を考えた」

サングラスをギラリと光らせ、男は言った。剛志は思わず、一歩後ろに下がる。

二千年以上前……。そんな大昔の算数、と言われても、剛志にはまるでピンとこない。そもそも、そんな時代から算数があったことが驚きである。

こいつは、いったいなにを言おうとしているんだ？

「あるとき、ウサギとカメが、かけっこをすることになった」

怪しんでいる剛志にはかまわず、サングラス男は話を続ける。

「けれど、ふつうに勝負したらウサギが勝つに決まってる。だから、ハンデをつけることにした。カメは、ウサギよりも少し前からスタートすることになったのさ」

少し前から、スタートする。その言葉に、剛志は引っかかりを覚えた。

このかけっこ勝負と、そっくり同じルールじゃねぇか。

「ウサギは足が速い。走りだしたら、みるみるカメに近づいた。だけど、あと少しのところで、どうやっても追い抜けなかった」

「そんなバカな」

「バカじゃないさ」

ぴしゃりとそう言われて、剛志は口ごもってしまった。

反論を許さないほどの力強さが、この男の声に宿っている。

「ウサギが追いつくには、まず、カメが今いる場所まで行かなければいけない。けど、ウサギがそこにたどりついたころには、カメはもう、ほんの少し先に進んでいる」

「あたりまえだろ」

かろうじて、剛志はそう言った。サングラス男が、ゆっくりとうなずく。

「そう、あたりまえだ。だからウサギは、またカメがいる場所まで走る。けれど、そこにたどりつくころには、カメはまた、すでにほんの少し先まで移動してる」

「それも、あたりまえ……」

そう言いかけて、剛志はふと気がついた。

なにかが、おかしい。

歩き慣れた通学路だと思っていたら、いつの間にか見知らぬ町についてしまったような……。そんな異様な感覚。

「もう気がついただろう？　あとはひたすら、そのくり返しなんだ。ウサギは、いつまでたってもカメに追いつけない」

そんなはずはない。

そう怒鳴ってやりたかったが、剛志にはできなかった。

だって、明らかにおかしいはずなのに……今の説明のどこにも、間違いを見つけられないのだから。

だから剛志は、ためらいがちにたずねた。

「それが、『ゼノンのパラドックス』ってやつなのか？」

「ああ、そうだ。どうして、こんなことが起こるんだと思う？」

「そんなの、おれが知るかよ。それより、早いとこ勝負をはじめるぞ」

ぶっきらぼうに、剛志は言い捨てる。そして、まるで逃げるように、自分のスタート地点へと足を運んだ。

耳を貸すな。こいつは、おれを混乱させる気だ。

見ると、すでにシゲは10メートルほど前でスタンバイしていた。チラリと、こちらを振り返ってくる。その顔からは、いつの間にか、不安の色がきれいさっぱり消えていた。

シゲのヤロウ、まさか今の話を信じたわけじゃねぇだろうな。

前にいるカメに、ウサギは追いつけない。

それならば、前にいるシゲにも追いつけないことに……。

そこまで考えて、剛志は首を振った。

そんなわけがない。このおれが、あんなノロマに負けるはずがない。

「じゃあ、準備はいいか？　かけっこ勝負、はじめるぞ」

10メートル離れて立つシゲと剛志に、サングラス男は言った。少し腰を落として、剛志はスタートに備える。

見てろよ。

あっという間に、抜いてやるぜ。

「位置について……、よーい、ドン！」

サングラス男が大声を張り上げ、かけっこ勝負がスタートした。

前だけを見すえて、剛志はダッシュする。足に力を込めて、腕を思い切り振って。

剛志は、飛ぶように走った。

10メートルあった差が、見る見る縮んでいく。

校舎の角——つまり、最初のカーブを曲がるシゲ。その背中を見て走りながら、剛志はニヤリと笑った。

楽勝だ。このペースなら、次の直線の間に必ず追いつける。

これは、ウサギとカメの勝負なんかじゃない。ノロマなブタを、俊足のライオンが追いかける狩りだ。

勝ち負けは、最初から決まっているんだ。

勝利を確信して、剛志も勢いよくカーブを曲がった。

……あれ？

カーブを終えて、もう一度シゲの背中が視界に入ったとき。剛志は奇妙な感覚にとらわれた。

シゲとの差が、ほんの少し広がった気がする。

曲がるときに、タイムをロスしたのか？　すばやく回れたと思ったのに。

走りながら考えたが、理由はわからない。だから剛志は、それ以上考えないことにした。もう一度差を縮めれば、なんの問題もない。

全力で地面をけり、ひたすらシゲを追いかける。そして、シゲから少し遅れて、二つ目のカーブを曲がった。

前を走る体操服の背中は、さっきよりも遠くなっていた。

「お、おかしいな……」

だんだんと、息が苦しくなってきた。全力で走っているのだから、あたりまえだ。

そう、剛志は全力で走っている。それなのに、シゲとの差は縮まってくれない。

いったい、どうしてだ？

わけがわからず、混乱する剛志。すると急に、サングラス男が言っていた、おかしな話が思い出された。

ウサギは、いつまでたってもカメに追いつけない。

「ち、ちくしょう」

あいつの言葉を振り払うように、剛志は風を切って走る。三つ目の角を、全力で曲がり切る。

祈るような思いで前に目を向けると……やっぱり、差はまったく縮まっていない。

剛志には、どうしようもなかった。

ただ、前を走るシゲを見つめ、足を動かすことしかできなかった。

これほどまでに自分を無力だと思ったのは、初めてのことだった。

「よお、頑張ってるな、剛志くん」

いきなり、前からそんな声が飛んできた。見ると、最後のカーブのところに、サングラス男が立っている。

息が切れて、頭がしびれてくる。そんな剛志に向かって、サングラス男は得意そうに言う。

「ゼノンのパラドックスと同じさ。あんたは一生、シゲに追いつけない」

うるせぇ！

そう怒鳴ってやりたかった。だけど、もはやそれだけの力も残っていなかった。

前へ。ただ前へ。すべてのエネルギーを、足にそそいだ。

それでも……。

最後のカーブを曲がったとき、シゲの背中ははるか前方にあった。

ダメだ……。

もう、間に合わない……。

視線の先で、シゲが両手をつき上げてゴールした。

## ④ チーム結成！

「やったな」

戦いの終わった校舎裏で。野球帽とサングラスをつけたまま、雄天はポツリと言った。

剛志は、もうこの場にいない。いるのは雄天とシゲ、二人だけだ。そしてもちろん、シゲは雄天の正体を知らない。

「さて、これでおれの役目も終わりだな」

雄天はそう言うと、大きなあくびをした。しゃべりすぎたせいか。また、眠くなってきた。

けれど、頑張ったおかげで、作戦は大成功だった。

シゲよりわずかに遅れてゴールした剛志は、怒りとくやしさが混ざったような表情をしていた。逆ギレされたらどうしようとか、そんな心配もあったけど……剛志は、しばらく息を整えたあと、吐き捨てるようにこう言ったのだ。

――約束は約束だ。もう、シゲには手を出さねぇよ。

素直すぎて、少し意外だった。けれど、そのあとに続いた剛志の言葉で、雄天は、なぜかすべてを納得できる気がした。

――悪かったよ。

もしかしたら、だけど。

剛志はただ、シゲとのうまい接し方が、わからなかっただけなのかもしれない。

「どうして」

そのとき、ずっとぼんやりとだまっていたシゲが、おずおずと口を開いた。不思議そうな顔で、彼は言う。

「どうして、ぼくは勝ったことになったんでしょうか？」

うん、当然の質問だ。

たぶん、シゲはなにが起こったのか、半分もわかっていないだろう。

じつは、最初のカーブを曲がった時点で、シゲは近くの草むらに飛びこんでいた。剛志が気づかずに走りすぎていくと、今度は急いで逆走し、ゴール手前まで移動。そして、剛志が最後のカーブを曲がった時点で走りだし、あっさりゴールしてしまった。

早い話、イカサマをやったわけだ。もちろん、すべて雄天の指示である。

じゃあ、レース中に剛志が見た後ろ姿は？

あれは、まったくの別人だ。白い体操服と、赤白帽——つまり、シゲと同じカッコウをした替え玉が、シゲが草むらに飛びこむのと同時に走りはじめたのだ。そして、最後のカーブを曲がるときに、今度は自分が草むらにかくれたわけだ。

言うまでもなく、恭平である。

恭平の足なら、剛志にだって追いつかれない。

けれど……。

どうやら、夢中で走って、夢中で草むらにかくれたシゲは、だれかが代わりに走りだしたことにさえ、気がつかなかったようだ。

「ぼくが途中でいなくなったことくらい、剛志くんだったらカンタンにわかったはずなのに。いったいどうして？」

「『ゼノンのパラドックス』のせいだ」

サングラスの奥からシゲを見すえて、雄天は言う。

「足の速い剛志が、走っても走ってもシゲに追いつけない、なんて、どう考えてもおかしいのに。剛志は、おかしいと思えなくなってしまったんだ。『ゼノンのパラドックス』の話にまどわされてな」

じつは、恭平が代わりに走っていたせいでもあるんだけど。それには、あえてふれないことにした。

ただ、恭平が前を走っていようがいまいが、「ゼノンのパラドックス」の話を教えなかったら、剛志はたぶん、イカサマに気がついただろう。彼は、自分でも気がつかないうちに、雄天（ゆうてん）のしかけたワナにはまってしまったのだ。

「じゃあ、『ゼノンのパラドックス』って、いったいなんなんですか？　どうして、ウサギは追いつけないんですか？」

「追いつけないように見えるだけだ」

「えっ？」

「たとえば、ケーキを半分食べて、さらにその半分を食べて、また残りを半分食べて……ってのを続けてみな。ケーキはどうなると思う？　永遠になくならないだろ？」

言いながら、雄天は、手でケーキを切るまねをする。とまどいながら、シゲは小さくうなずいている。

「それと同じさ。カメに追いつくまでの時間を、細かく分けて考えてるだけだ。本当は10秒で追いつけるはずなのに、5秒走って、次はその半分の2・5秒走って、その次はさらに半分の1・25秒走って……。そんなことをくり返している。わざと追いつかないようにしているんだ」

そうだ。

常識で考えたら、ケーキはいつか食べ終わり、ウサギはカメに追いつく。

「パラドックス」とは、「正しそうに見えて、じつは間違っているもの」。

そして、二千年以上も前の学者・ゼノンが考えだしたパラドックスこそが、「ゼノンのパラドックス」なのだ。ちなみに、追いかける側はウサギだったり、人だったり、本によって違う。

剛志は、その間違いを見抜けずに混乱し、自分の負けを認めてしまった。これでもう、あいつはシゲにイヤガラセをしないだろう。

そう思って、雄天はホッと息をついた。これで、今夜は気分よく眠れそうだ。

けれどシゲは……。

なにかを決意したようにキッと顔を上げると、少しふるえた声でこう言った。

「ぼく、やっぱりホントのことを剛志くんに言ってきます」

雄天は、自分の耳を疑った。

ホントのこと？

もしかして、イカサマのことか？

「でも、そんなことをしたら……」

「もちろん、剛志くんは怒ると思います。でも、もう逃げるのも、ウソをつくのもイヤなんです」

きっぱりと答えるシゲ。冷や水でも浴びたみたいに、雄天はハッとさせられた。

――もう、やだな……。

シゲがそうつぶやいていたのは、だれもいない空き教室だった。そう、剛志本人には聞こえていないのだ。

イヤだと言ったら、怒らせてしまうかと思って。

シゲは、ずっと平気なフリをしてきた。ウソをついてきた。

それを、もうやめるというのか。

「イカサマをしたって、正直に打ち明けます。剛志君もあやまってくれたんだから、今度は、ぼくがあやまらないと」

目に浮かぶ不安の色は、かくしきれていない。けれど、もうオロオロするのはやめたようだった。

「それで、イヤなことはイヤだって、ちゃんと本人に言います」

「そうか」

雄天は、それ以上はなにも言わなかった。ここから先は、シゲの立ち向かうべき問題だ。

正直になること。それがどれほど勇気のいることなのか、雄天には想像もつかない。

だけど、きっともうシゲは大丈夫だ。

「あと、一つ聞きたいんですけど」

ふと、急に思い出したかのように、シゲが言いだした。

「どうして、ぼくを助けてくれたんですか？」

「どうしてかって？」

雄天は、フッと小さく笑った。

あらためて聞かれると、なんと答えたらいいかわからなくなる。

恭平だったら、「正義のヒーローだからさ！」とか言うんだろう。けど、雄天はそこまで恥ずかしいマネはできそうにない。

「困ってたから、かな」

「名前も、教えてくれないんですか?」

「ああ、ヒミツだ」

「わかりました。どうも、ありがとうございました」

ペコッと頭を下げるシゲ。

名前なら、あんたのクラスの出席簿にのってるぜ、とは、口が裂けても言わないでおく。雄天はおかしなヤツだと、クラスに広まってしまってはかなわない。

何度もお礼を言いながら、シゲが校舎裏から去っていく。雄天はだまって手を振り、彼を見送った。

空はいつの間にか、夕焼けに赤く染まっている。

「うまくいったな、雄天」

シゲの背中が完全に見えなくなると、恭平がひょっこりと姿を現した。草むらにかくれていたせいか、赤白帽に葉っぱがくっついている。

恭平(きょうへい)は、クラスで一番足が速い。だからこそ、走る役は恭平にまかせて、雄天(ゆうてん)はサングラス男の役を引き受けたわけだけど……。

「よかったのか？　ホントは、恭平がこっちの役をやりたかったんじゃないのか？」

「いやあ、いいよ。今回はゆずる。それに、カゲから支(ささ)えるのも、ヒーローの大切な役目だしね」

そう答えて、恭平はケラケラと笑う。その目は、星をまぶしたようにかがやいていた。

「それよりさ、雄天。おれたち、けっこういいコンビだったと思わない？」

「ああ。大成功だったしな」

「そうだろ？　そうだろ？」

心の底からうれしそうに、恭平は声をはずませる。

一見すると、ヒーローとまったく関係なさそうな、算数。その算数が、一人で苦しんでいたシゲを救ったのだ。そう思うと、雄天もやっぱり、気分がよかった。

じいちゃんの、言うとおりだったよ。

おれの武器、きちんと人の役に立ったよ。

そう心の中でつぶやいたときだった。恭平に、バン、と肩をたたかれて、雄天は驚きでとびはねるところだった。

「この調子でさ、学校中の困った人、みんな助けないか？」

得意の変身ポーズを決めながら、恭平は言う。

「いじめも、悪さもなくしてやるんだよ。それで、悲しくて泣く人が一人もいない学校を作るんだ」

「夕陽の丘小学校のトラブルを、ゼロにするってわけか」

「そうさ。いじめゼロ、悪さゼロ、泣く子ゼロ。ゼロ、ゼロ、ゼロだな」

そう言う恭平は、満面の笑みを浮かべていた。ずっとあこがれていた正義のヒーローみたいに、困っている人を助けられる。それが、よっぽどうれしいのだろう。

たぶん、ちょっと前までの雄天だったら、面倒くさい、と思っていただろうけど。テキトーにあしらって、ことわっていただろうけど。

今の雄天は、胸からわきあがるワクワクを、止めることができなかった。

おれの武器、算数。これを使って、人の役に立ちたい。だれかを助けたい。

「ゼロ、ゼロ、ゼロ、か。だったら、〝トリプル・ゼロ〟ってのは、どうだろう？　おれたちの名前」

気づくと雄天は、そう口に出していた。恭平の目のかがやきが、十倍くらいになった気がした。

「いい！　すごくカッコいい！　トリプル・ゼロ！」

興奮して腕をブンブン振って、恭平が言う。

雄天の胸は、ますます高鳴る。そして、体の中に一つの予感が、ポチャン、と音を立てて落ちてきた。

今日、困っていたシゲを救ったみたいに。おれたちはこの先、とんでもなく大きなものを救うことになる。

根拠もなにもない、ぼんやりとした予感だった。

「おれたちは今日から、トリプル・ゼロだ」

静かに、けれど自信を持って。雄天は、自分たちの名前を宣言した。

ミッション2

# 届けろ！　天国へのメッセージ

## 1 美少女マジシャン

テスト中に寝たら、しかられた。

学校からの帰り道、恭平と並んで歩きながら、雄天は大きなあくびをした。

原因は、よくわかっている。昨日、朝までほとんど眠らずにゲームをし続けたせいだ。そして、夜に寝なかった分は、昼に寝て取り返すしかない。寝不足は病気のもとなのだから。

自らの健康のため、雄天はテスト開始と同時に机につっぷして、夢の中へとダイブしたわけだが……。

結果は、先生からの大目玉である。

「雄天。きみってやつは、ホントにいい度胸してるよね」

あきれた様子で、恭平が言った。

「で、テストはどうだったの？」

「25点」

雄天が胸を張って答えると、恭平はその場でつんのめった。べつに、つまずくようなものはなにも落ちていないのに。おかしな男だ。

頭痛でもこらえるような顔で、恭平は言う。

「算数は得意なくせに、もったいないぞ。寝ないでちゃんと解けば満点だって取れるのに。25点はひどすぎるよ」

「算数は、全部寝てたから0点だ。国語、理科、社会を合わせて25点」

「えっ……」

「国語5点、理科15点、社会5点だ」

雄天は、また胸を張ってそう言った。恭平の顔が、石像みたいに固まってしまう。

おおげさなヤツだ。おれが算数以外てんでダメなのは、ずっと昔からのことなのに。

恭平の言うとおり、その気になれば、算数は１００点を取れるだろう。けれど、ほかの科目はこれが限界だ。授業を聞いてもわからないし、かといって勉強する気も起きない。

好きなものは、腹いっぱいまで味わいつくし、嫌いなものは、生ゴミといっしょに捨ててしまう。

それが、雄天の生き方である。夜中だろうがなんだろうが、算数をやりたければやるし、ゲームをしたければする。眠くなったら、テスト中だってかまわず寝る。おかげで、親にも先生にもしかられてばかりだけど。

雄天と恭平の二人は、そのまま一分くらい無言で歩いた。そうしたあとで、石像みたいな顔になっていた恭平は、ようやく人間に戻った。

「まったくもう……。そんなことだから、みんな雄天をただのバカだと思ってるんだ。きみの算数の実力を知ってる人なんて、ほとんどいないじゃないか」

「いいんだよ、知られてなくたって」

ぶらぶらと足を進めながら、雄天は言う。電線から電線へ、スズメがしきりに飛び移っている。

「おれの算数は人の役に立つって、おれとおまえは知ってる。だったら、それでいいだろ。テストはまた次、がんばればいい」

「そういうもんかなぁ」

「そういうもんだよ」

納得いかない、という顔をした恭平に、雄天は答えた。

学校の成績は、とっくの昔にあきらめている。

だけど雄天は、それでもいいと思っている。通信簿に「◎」が一つもなくたって。

雄天は算数を「武器」にして、人助けができるのだから。

雄天は歩きながら、青い空を見上げてこう言った。

「なあ、恭平。どうせだったらさ、テストでチマチマと点を取るよりも、もっとデカいことがしたいじゃん？」

「お？　やっぱり、ワルモノ退治だな？」

「あー、それもいいけど」

言いかけて、雄天は考える。

さて。「デカいこと」と言ってはみたが、算数でできる「デカいこと」とは、いったいなんだろう。

算数は、いろんなことに役立つ。雄天をどこへだってつれていってくれる、魔法の列車みたいなものだ。しかし、いざ考えはじめてみると、列車の行き先はなんだかぼんやりとしていて……。

自然と、大きなあくびがでた。

眠気のせいで、頭がしっかり回ってくれない。口が、テキトーなことをしゃべりだす。

「とりあえず、世の中を変える、とかだな」

「世直しか？　世界を平和にするんだな？」

「いや。いつまで寝てても怒られないよう、世の中を変える」

「……きみはホントに、あまったれだな」

げんなりとして、恭平はそう言った。

晴れた空から、午後の光が降ってくる。それを全身に浴びて伸びをしつつ、雄天は「冗談だよ」と笑った。笑い声が、青空に響く。

まあ、あせることはないだろう。

空を流れる雲を目で追いつつ、雄天は心の中で思った。

たとえ、算数を使った「デカいこと」が、今すぐにはわからなくても。トリプル・ゼロとして、困った人を救い続ければ、きっと、そのうち思いつく。

なぜか、そんな気がした。

「あれ？」

そのとき、急に恭平が、不思議そうな顔をして足を止めた。なにかと思って、雄天も立ち止まる。

恭平の視線の先を目で追ってみると……女子が一人、わき道へと入っていくところだった。肩にサラリとかかった黒髪が、やけに印象的な女の子だった。

「だれだ？」

「四宮怜さんだよ。昨日までしばらく学校を休んでた、うちのクラスの」

そう言われても、雄天にはまったくピンとこない。

「よくわからんが、たしか先週の遠足、一人休んでたな。それがアイツか？」

「おい雄天、ホントに知らないのか？　クラスで一番かわいいって、みんなウワサしてるぞ。ファンクラブもあるくらいなんだ」

「知らない。もっと言うと、かわいいかどうかは本当にどうでもいい」

「きみは、変わったヤツだなぁ……」

「それより、あっちは神社があるだけで、行き止まりだ。いったいなにしてんだろうな」

「うーん。謎の欠席、だれもいない裏通り、そして美少女……。なんだか事件のにおいがするな」

そう言って、恭平は目をかがやかせる。完全に、テレビの見すぎである。

「そうか？　どちらかというと、肉のにおいがするぞ」

「うん。それは、あそこの焼き鳥屋のにおいだね」

「冗談だ」

そんなくだらないやり取りをしてから、二人は焼き鳥屋の前を通りすぎ、四宮怜が入っていったわき道をのぞきこんだ。恭平が、目をキラキラさせながら言う。

「よし、あとをつけよう」

「好きだな、おまえも。きっとストーカーに向いてるぜ？」

「ストーカーじゃない、尾行だよ！　よくドラマとかで、刑事や探偵もやってる」

「へぇ、そんなもんか」

そう言って、雄天はテキトーにうなずいた。ヒーローものばかりじゃなくて、刑事ドラマも見るわけか。

恭平が、足音を立てないように、そろりそろりと歩きだした。しかたがないので、雄天も少し遅れてついていく。

四宮は、一度も後ろを振り返ることなく、塀にはさまれた細い道を、スタスタスタスタ歩いていく。すぐに、木に囲まれた神社に行きついた。

雄天たちが住む町は、東京都でもはしっこのほう。都心と違って、けっこう自然も残っている。この神社もその一つだ。

あまりに古くて、お参りに来る人はほとんどいない。近所の人に「オンボロ神社」なんて呼ばれているのは知っているが、本当の名前は、雄天たちにはわからない。

オンボロ神社の石段を、軽やかに上っていく四宮。その後ろ姿が境内に消えるのを見送ってから、二人も石段に足をかける。頭の上で、枝と葉がさわさわと風にゆれる。

やっぱり、どこからどう見てもストーカーである。

四宮は、さいせん箱の前の段差に、一人でポツンと座っていた。木に身をかくし、しばらく様子をうかがう。

すると四宮は、なにを思ったのか、ポケットからトランプのセットを取り出した。

「なんで、トランプ？」

あっけに取られたように、恭平がつぶやく。雄天も同じ気持ちだ。神社で一人、トランプをする女子小学生。空を飛ぶブタよりもめずらしいかもしれない。

「なにやってるのか、見えにくいな。雄天。もっと近づこう」

「ん？　どうやって？」

「建物の裏から回るんだ。ほら、あっちをぐるっと」

「え〜、面倒くさいな」

「つべこべ言わず、行くよ」

そう言って、恭平は雄天の腕を引っぱった。二人は、木のかげからかげへと移りながら、拝殿の裏側へと回る。大昔からずっとここにあるらしい拝殿は、あちこちひび割れ、泥や葉っぱでひどく汚れていた。

二人は、裏からそっと顔を出す。さいせん箱の前に座る四宮が、間近に見えた。

シャカシャカシャカシャカ
四宮は、だまってトランプをシャッフルしている。よほど慣れているのか、ぎこち

なさはまったくなかった。まるで機械じかけのように、一定のリズムで両手が動く。

シャカシャカシャカシャカ

そしていきなり、一番上のカードをひっくり返した。だいぶ近づいたから、雄天(ゆうてん)にも見える。ハートのエースだ。

占(うらな)いでもしてるのか？

そう思って、雄天は眉(まゆ)をひそめる。すると四宮(しのみや)は、ハートのエースをカードの山の中にサッと戻(もど)した。再(ふたた)び、機械的なシャッフルがはじまる。

シャカシャカシャカシャカ

四宮は、今度はカードの山の真ん中あたりから、すばやく一枚(まい)抜(ぬ)き取(と)った。

出てきたのは、またもやハートのエースだった。

なんだと？

雄天は思わず、何度もまばたきしてしまった。となりでは恭平が、ポカンと口をあけている。

そのあとも、四宮は何度もカードをシャッフルし、何度もカードを抜き取った。そのたびに姿を現すのは、必ずハートのエース。

何度やっても、同じだった。

「いったい、どうなってんだ……？」

あまりに驚いたせいか、となりで恭平が、ポロッと声をもらした。しまった、と二人で顔を見合わせたが、もう遅い。それまでトランプに集中していた四宮が、鋭くこちらを振り返った。

身をかくすひまなんて、まったくなかった。

「そこで、なにしてんの？」

氷みたいに冷たい声で、四宮がたずねてくる。

怒っている。あたりまえだ。

ストーカーに対して怒らない女子がいたら、それこそ問題である。

「あ……驚かせてごめん。うちのクラスの四宮さん……だよね？」

しどろもどろに、恭平が言う。四宮は、なにも答えない。雄天は、よけいなことを言わないよう、ただただ様子をうかがっていた。

しかし、こうして見ると、たしかに四宮は整った顔立ちをしている。つややかな長い髪に、ほっそりとした体つき。「かわいい」とウワサが立つのも、わかる気がする。ただ、ムシケラを見るような目をこっちに向けるのは、やめてもらいたいのだけど。

「心配で……そう！　四宮さんを心配してて！」

恭平が、必死になって言いわけをしている。

「四宮さん、しばらく学校休んでたから。今日だって、授業の途中で保健室に行ってたよね？　それで、気になって」

なんだか、聞けば聞くほどストーカーっぽい。四宮の視線も、トゲトゲとしたまんまだし……。さて、どうしたものか。

そんなふうに、思ったときだった。四宮がようやく、初めて返事らしい返事をした。

「べつに、心配なんていらないよ」

手の中のトランプを、そっとポケットにしまいながら、彼女は言う。

「授業を受ける気分じゃなかったの。ただそれだけ」

「ああ、そういう日ってあるよな。おれなんて毎日だ」

「ちょっと、雄天はだまっててくれ」

そう言って、恭平はこちらを軽くにらんでから、四宮に話しかける。

「なにか悩みでもあるの？　だったら、おれらが力になれるかも……」

「大きなお世話」

恭平の言葉の途中で、四宮はスッパリと言った。そりゃそうだ。こんな怪しげなヒーローオタクに、悩み相談をするはずがない。

「アンタたちに相談して解決するくらいなら、最初から悩んだりなんてしないよ」

恭平が、今にも死にそうな顔でこちらに目配せしてきた。だまっていろと言ったり、助けを求めてきたり、忙しい男だ。自称ヒーローも、案外だらしない。

しかたないな……。

「手品、うまいんだな」

「えっ？」

雄天が声をかけると、四宮は意外そうな顔をした。

雄天は、両手でトランプをシャッフルするマネをする。

「ハートのエース、すごかった。ほかにもなにか、見せてくれないか？」

そう言って、ニヤリと笑う雄天。四宮は、雄天の腹の中を探るように、じっとこちらに目を向けていた。肉食動物みたいな目だと、雄天は思った。しかも、ネコとかイヌとかじゃなくて、タカとかヒョウとか、そういう肉食動物。

「いいよ。見せてあげる」

いきなり、そっけない口調で、四宮は答えた。

「お金とか持ってる？」

「えっ？　お金とるの？」

目を丸くして、恭平が言った。そして、自分のポケットからサイフを取り出し、おそるおそる中身をのぞいている。

もしものときのためにと、親に持たされているお金だろう。

「そんなわけないでしょ。手品に使うの」

四宮が、肩をすくめてそう言った。

雄天は頭の中で、テレビで見るようなマジシャンを思い浮かべた。彼らもよく、お客さんから物を借りて、それを手品に使っていた気がする。自分で用意しておいた物ではないから、タネもしかけもございません、というわけだ。

雄天は納得して、サイフからお札を一枚取り出した。

「千円札なら、ここにあるぞ」

「ねぇ、それ、おれのサイフだよね?」

「細かいことはいいだろ」

恭平が不満そうな顔をしているが、雄天はまったく気にしない。

四宮は、千円札を受け取ると、それを折りたたみはじめた。一回、二回、三回。何度も何度もたたんでいく。

そして、いくつもの折り目のついたお札を広げると……。

ビリッ

いきなり、破いた。

「ぎゃあ！」

恭平が、この世の終わりみたいな声で叫ぶ。さすがの雄天もヒヤリとしたが、とうの四宮は、眉一つ動かさずに、お札をビリビリ引きちぎっている。

「ああ、大丈夫。こういう手品だから」

四宮はそっけなく言う。紙ふぶきでも作っているように、迷いのない手つきだった。

1回破くと、お札は2つに。2回破くと、お札は4つに。どんどん2倍になっていく。もう4回破いたから、「2×2×2×2」で、お札のかけらは16枚。だから金額は、「1000×16」で1万6000円に……なるはずがない。1000円をちぎったら、0円である。

手品だとわかっていても、目の前でお金が細切れになっていくのを見るのは、あまりいい気分じゃないな。

雄天がそんなことを考えていると、四宮の手がピタリと止まる。しばらく、手の中にある千円札のなれのはてを、じっとながめていたのだが……。

やがて、とんでもないことを言いだした。

「ああ、ごめん。失敗しちゃった。これじゃあ、もとに戻んない」

「そんなぁ！」

地獄の鬼にでも出くわしたかのような顔で、恭平が叫ぶ。ムリもない。あの千円は、恭平のものというより、親から持たされていたもの。あんな変わりはてた姿になったと知られたら、きっととんでもなく怒られる。

しかし、ギャーギャー騒ぐ恭平を前にしても、四宮の顔色はまるで変わらない。彼女は、千円札のかけらたちをギュッとにぎったかと思うと、ひょいっと、恭平の服の胸ポケットに手をやった。

「と、思ったら、こんなところに」

「あれっ⁉」

恭平が、目をパチクリさせる。胸ポケットには、小さくたたまれた千円札が一枚、

行儀よく収まっていた。
雄天が四宮に目を向けると、彼女は得意そうにほほえみ、両の手のひらをこちらに向けていた。さっきの細切れ千円札は、いつの間にか、きれいさっぱり消えている。

「すごい！　いったい、どうやったの？」

興奮した様子で、お札を顔の前に広げ、恭平が言った。けれど、四宮はなにも答えない。

とまどいながら、恭平は続けて言う。

「手品、すごくうまいんだね。でも、どうして学校の帰りに、こんなところで練習を？」

「アンタたちに教えて、それでどうなる

の？」

冷たい口調に戻って、四宮は言った。恭平がまた、困りはてた顔をこちらに向けてくる。今日のコイツは、なんとも情けない。

ため息をついてから、雄天は口を開いた。

「さっきの手品だけど。恭平からお札を受け取って、折りたたんだ瞬間に、ニセモノとすり替えたな？」

ピクリと、四宮の眉が動いた。恭平も「へっ⁉」と、変な声を上げている。

「そして、ニセモノをビリビリに破いたあと、これまた一瞬で本物とすり替える。そうすれば、破いたお札がもとどおりになったように見える。どうだ？　アタリか？」

「アタリか？」などとカッコをつけてから、雄天は少し、もうしわけない気分になる。

残念ながら、斜めから見ていた雄天には、すり替えの瞬間がわずかに見えてしまっていたのだ。破れたニセ札は、雄天と恭平が本物に目をうばわれているスキに、すばやくポケットにでもかくしたのだろう。

「なんだ、バレちゃったか」

「ああ。だけど、すごい手ぎわだった。正面から見たら、絶対にわからなかったと思う」

「なぐさめはいらないよ。あたしの練習不足だから」

すました顔で、四宮は答える。そして、ちょっと間をおいてから、思い出したように言いだした。

「あたしのこと、心配してくれてたんだっけ？」

「うん、そうそう。なにか悩みでもあるの？」

急に元気になって、恭平が身を乗りだした。

タネを見破られたから、話す気になったのか。そんなふうに思っていると、四宮は、重々しいことをサラッと言ってのけた。

「死んじゃったのよ、おばあちゃんが。病気でぽっくり」

「あ……、ごめん……」

今度は急に元気をなくして、恭平が肩を縮ませた。これには、さすがの雄天もなんと言ったらよいかわからない。「死」というものを、いきなり目の前にポンと置かれたって、うまい反応なんてできっこないのだから。

けれど四宮は、ふつうの世間話をするみたいに、淡々と話し続ける。

「先週は、お通夜とかお葬式とかがあったから休んだの。けっこうあわただしくって、疲れちゃって。それで今日は、授業中に保健室に行ったわけ」

「じゃあ、手品の練習は、どうして？」

聞いてよいのか、よくわからなかったが、結局、雄天はたずねてみた。一番、気になったことだから。

「あたしに手品を教えてくれたのは、おばあちゃんだったの」

驚くほど冷静に、四宮は語る。

「うちには、小二の弟がいるんだけど。ソイツ、おばあちゃんのこと大好きでね。いっつも、おばあちゃんに手品を見せてもらって、本当に楽しそうだった。もう、おばあちゃんはいなくなっちゃったから……今度はあたしが、おばあちゃんのかわりになろうと思ってるわけ」

「なるほどな」

事情が少し見えてきて、雄天はうなずいた。

けれど、まだわからない点もある。それは、恭平も同じだったようだ。恭平は首をかしげつつ、疑問を口にした。

「でも、だからって、こんなところで一人で練習しなくても……」

「弟はね、学校に行けなくなっちゃったの」

恭平の言葉が、最後まで発せられる前に。

四宮が、ため息といっしょに言った。

「おばあちゃんが死んじゃったショックでね」

今度こそ、雄天も恭平も、なにも言えなくなってしまった。周囲の木々が葉と枝をゆらす音が、さわさわ、さわさわと、やけに耳に残る。

風に言葉をのせるかのように、四宮は語る。

「弟は、おばあちゃんの病気が治るようにって、プレゼントを手作りしてた。けど、それが完成して、病院にわたしに行こうとしてた日に、おばあちゃんは死んじゃった」

それで、落ちこんでるってわけか。

しかし、それにくらべて姉のほうは、ずいぶんと落ち着いて見える。不思議に思って、雄天はたずねた。

「あんたは、平気なのか？」

「だって、弟を立ち直らせるのは姉の役目。そうでしょ？」

なんでもなさそうに、四宮は答える。しっかりした人だ。同い年とは思えない。

「わかったら、さっさと帰って。ここはだれも来ないから、練習にうってつけなの」

そう言うと、四宮はまた、さいせん箱の前の段差に腰を下ろした。手品の練習を続けるのだろう。

こんなにも、しっかりした人なのだから。トリプル・ゼロが首をつっこむこともなさそうだ。

おれたちは、おとなしく帰ったほうがいい。

そう思っていた。けれど、なにを思ったのか、急に恭平がおかしなことを言いだした。

「あのさ……。弟さんが作ったっていうプレゼント、よかったら見せてくれないかな？」

「ダメ」

「そんな……。ちょっとだけでもいいから」

「見てどうするの?」

「いや、なにか力になれるかも……しれない……から……」

最後は、かすれて消えるような声になっている。

ここまでしつこく食い下がったら、いいかげん、怒られてもしかたがない。やはり、恭平を引っぱってでもこの場を去ろう。

そう思って、雄天は恭平の肩に手を伸ばしかけた。

しかし、意外なことに、四宮は怒ったりしなかった。それどころか、小さく息をついてから、髪をかき上げ、こんなことを言ったのだ。

「プレゼントを撮った写真でよければ、あるにはあるんだけど」

## 2 雄天の師匠

「意外と、教えてくれるもんだな」

ポリポリと頭をかいて、雄天は言った。恭平が、キョトンとした顔をする。

「意外って？」

「家族が死んだんだぜ？　ふつう、クラスメイトにベラベラしゃべったりしない。おまけに、二人のうち一人はおかしなヒーローオタクだ」

「こら、それは世界中のヒーローオタクに対する差別だぞ」

不満そうな声を出す恭平。なるほど、もっともなことを言う。

オンボロ神社をあとにした雄天と恭平は、住宅地の中をてくてくと歩いていた。四宮は、まだ神社で手品の練習をしているのだろう。腕時計を見ると、午後の四時をすぎたところだ。

あんなに熱心に、一人で手品の練習をして。

しかも、話したこともなかったクラスメイトに、悩みをもらすなんて。

「けっこう、本気で困ってんだろうな」

ボソリとそう言って、雄天は足もとの小石をけっとばした。小石は、カツカツと音を立ててころがっていき、やがて、電柱にぶつかって止まる。

「そうだね、力になってあげたい。でも、困ったことに、うまいやり方をなにも思いつかない」

恭平が、腕を組んで口をへの字にした。けれど、思いつかないのは雄天も同じことだ。

学校中の、いじめ、悪さ、そして泣く子をゼロにする。人助けチーム、トリプル・ゼロ。

先週のかけっこ勝負のときは、雄天が作戦を立て、恭平が実行した。それぞれの武器を考えると、それが一番よかったからだ。それなら今回も、やっぱり雄天の「武器」である算数が、解決のカギになるだろう。

人助けに算数を使おうなんて、ふつうは思わない。

だからこそ、きっと、だれにも思いつかない作戦を生みだせるはずなのだ。

今はまだ、なにから考えればいいか、見当もつかないけど……。

「まあ、いいさ。見当もつかないからこそ、ここへ来たんだから」

そう言って、雄天は大きな建物の前で足を止める。

目の前にそびえる、この四角い建物は……公立の図書館だ。何万冊もの本を収める、知識の宝庫である。

けれどじつは、雄天と恭平がここに来たのは、読書をするためではない。

ウィーン、と音を立てて、入り口の自動ドアが開く。右に進めば本館で、左に進めばラウンジ——お弁当を食べたり、おしゃべりしたりできる場所だ。「図書館では騒がない」というのは常識だけど、このスペースだけは特別だ。今も、五、六人の人がイスに座って、おしゃべりをしたり、パンを食べたりしている。

その人も、ちょうど、ラウンジのイスの一つに腰かけていた。ペットボトルのお茶を飲みながら、机にノートを広げて、なにか書きこんでいる。小学生のはずなのに、その真剣に勉強する姿からは、まるで学者のような空気が感じられた。

二人に気がつくと、その人は、メガネをかけた顔をこちらに向けてきた。

「やあ、よく来たね」

「師匠、久しぶり」

雄天があいさつすると、恭平も「お久しぶりです」と頭を下げた。

神之内宙さん。

雄天たちと同じ、夕陽の丘小学校に通う、小学六年生だ。

そして、雄天に算数の奥深さを教えてくれた人でもある。

「ちょうど、そこのイスが空いている。座るといいよ」

師匠が、テーブルをはさんだところにある二つのイスを指し示した。

「大丈夫だ。恭平は床に座るから、きっとイスはいらない」

「……きみの中では、おれは犬かなにかなの？」

「冗談だ」

そんなことを言い合ってから、雄天と恭平は並んで腰かける。

テーブルの上には、師匠のノート。見たこともない数式や記号が、ページいっぱいに書かれていた。

それを見るたびに、雄天は思う。

日本には、何百万人という小学生がいる。足が速い人、すごい記憶力を持っている人、歌がとんでもなくうまい人……。きっと、いろいろな人がいるだろう。

けれど算数の実力ならば、師匠に勝てそうな人を、雄天は一人も知らない。

小さな体と、幼い顔つき。こうして向かい合うと、なんともたよりなく見えるけど。

この人こそが、雄天の目標とする人なのだ。

「ふむ」

雄天がひととおりの話を終えると、師匠はそっと、アゴに手をやった。

「話はわかった。その子の弟を助けたい、というわけだね？」

「ああ、そうだ」

雄天は首をタテに振ると、グッと身を乗りだした。

「師匠、なにかいい手を思いつかないか？」

師匠は、すぐにはなにも答えない。静か

に、その頭脳を回転させているようだ。

　放課後、師匠はたいてい、この図書館で勉強している。だから雄天は、師匠に会いたくなったときは、いつもここに足を運ぶのだ。このラウンジで、難しい問題の解き方を教えてもらったり、算数にまつわるおもしろい話を聞いたりする。「ゼノンのパラドックス」の話をしてくれたのも、なにをかくそう、師匠なのだ。

　ちなみに恭平は、雄天が師匠に会いに行くときには、たいていついてくる。……といっても、恭平は算数が大の苦手。最初は雄天の横で話を聞いているのだけど、だいたい、五分もすればあきてマンガを読みに行ってしまう。それが、ふだんの光景。

　だけど、今日はいつもと状況がまったく違った。

　二人で師匠に人助けの相談をするなんて、初めてのことだった。

「悪いな、師匠。だけど、相談できそうな相手が、あんたしか思いつかなくて」

「僕はかまわないよ」

　冷静な口調で、師匠は言う。

「けれど、算数で人助けとは、考えたね。算数や数学は、とても大きな力を秘めている。押しても引いてもうまくいかない、という問題を、意外とあっさり、片づけてしまえたりする。偉大な学問だから。きっと、きみたちの力になってくれる」

それは、心強い言葉だった。

「算数」は、中学からは「数学」と名前を変えて、もっと奥深くなる。師匠はもう、算数を飛びこえて数学を勉強しているのだ。だからこそ、ここまで自信に満ちあふれているのかもしれない。

「神之内さん、もしかしてもう、うまい手を考えついてるんですか?」

「いいや、残念ながら、なにも思いつかない」

ワクワクした目をする恭平に、師匠はあっさりそう答えた。

「なんと言っても、僕は一度も、算数を人助けに使おうなんて、考えたことがなかったからね」

「そうですか……」

恭平は、とたんにがっくりと肩を落とした。

雄天も雄天で、とても残念に思う。師匠でもダメとなると、いったい、どうすればいいのか。

「ただ、解決策は思いつかなくても、考え方くらいならわかる」

不意に、うつむく二人に向かって、師匠はそんなことを言いだした。

考え方？

「きみたち二人のやろうとしていることは、とても高度なことなんだ。問題はなにか。まずはそれを見極めるところからはじめなくてはならない」

「問題はなにか、ですか？」

よく意味がわからなかったのか、恭平は首をかしげた。

「うん。算数の問題って、『長さを求めましょう』とか『これを計算しましょう』とか、とにかく『目的』がはっきりしてるよね？　けれど、きみたちの置かれている状況は、そうじゃない」

「目的は、四宮さんの弟を助けることですけど……」

「うん、そこに間違いはない。けれど、『助ける』ってなんだろう？　どうやったら助けたことになるんだろう？」

師匠の質問に、恭平は答えられなかった。雄天も、ハッと息をのむ。

たしかに、そうだ。四宮の弟を、どうやって助けるか。そればかり考えようとして、おれたちは空回りしていた。

そもそも、助けるってなんだ？

無理やりにでも学校につれてくれば、助けたことになるのだろうか？　いや、そんなカンタンにすむはずがない。心に傷を負ったままでは、解決になんてなるはずがない。

恭平も、それがわかったようだ。真剣な顔をして、ポツリとこぼす。

「なんか、難しいですね……」

「うん。だからこそ、きみたち二人の腕が試されるわけだ。たいした力になれなくて、もうしわけないけれど」

そう言って、師匠は苦笑いを浮かべた。

「力になれなくて」なんてとんでもない。師匠のおかげで、ようやく、進むべき方向が見えてきた。

やはり、師匠に相談してよかった。

「少しだけ、なにから考えればいいのか、わかった気がする。ありがとな、師匠」

「お礼を言われることなんて、僕はなにもしてないよ」

相変わらずクールな口調で、師匠は言った。そしてさっさと、話題を変えてしまう。

「ところで、弟くんがおばあさんにわたそうとしたプレゼントとは、いったいどんなものだったんだろう？」

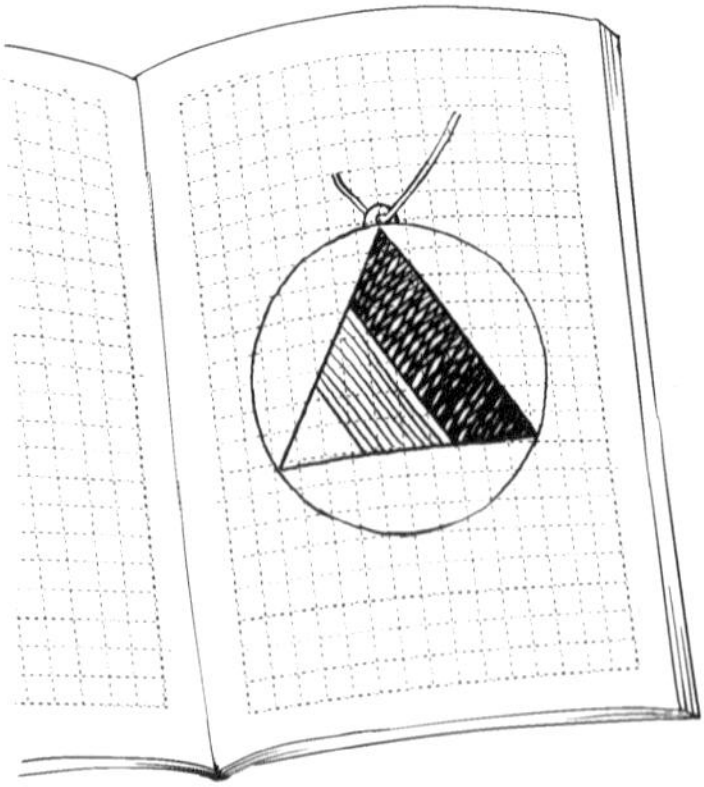

「ああ。絵でよかったら、ここにあるぞ」
言われて雄天は、カバンからノートを取り出し、テーブルの上に広げた。
四宮は、ケータイで撮ったプレゼントの写真を、雄天と恭平に見せてくれた。二人はケータイを持っていないから、こうして絵に描きとめてきたわけだ。
開かれたページには、円の中に正三角形が収まった、ペンダントのイラストが描かれている。三角形には、斜めの線が二本入っており、三色にぬり分けられている。

師匠は、その絵をひと目見ると、すぐにニコッと笑った。

「ああ、これはいい形だ。コンパスと定規で作図できる」

「は？」

驚いて、雄天は思わず口をあける。師匠にとって「いい形」とは、作図ができることなのか。

けれど……。この図を描くには、円と正三角形を描いたあと、正三角形の一辺を三等分しなくてはならない。二等分なら基本だが、三等分となると、学校で習ったことはない。

「コンパスと定規だけで、辺を三等分……。そんなこと、できるのか？」

「できるよ。ためしに考えてごらん」

そう言うと、師匠は筆箱からコンパスと定規を取り出した。恭平は、ハナから考える気がないらしく、ただポカンと口をあけている。

雄天は、師匠からコンパスと定規を受け取った。自分のノートの次のページに、い

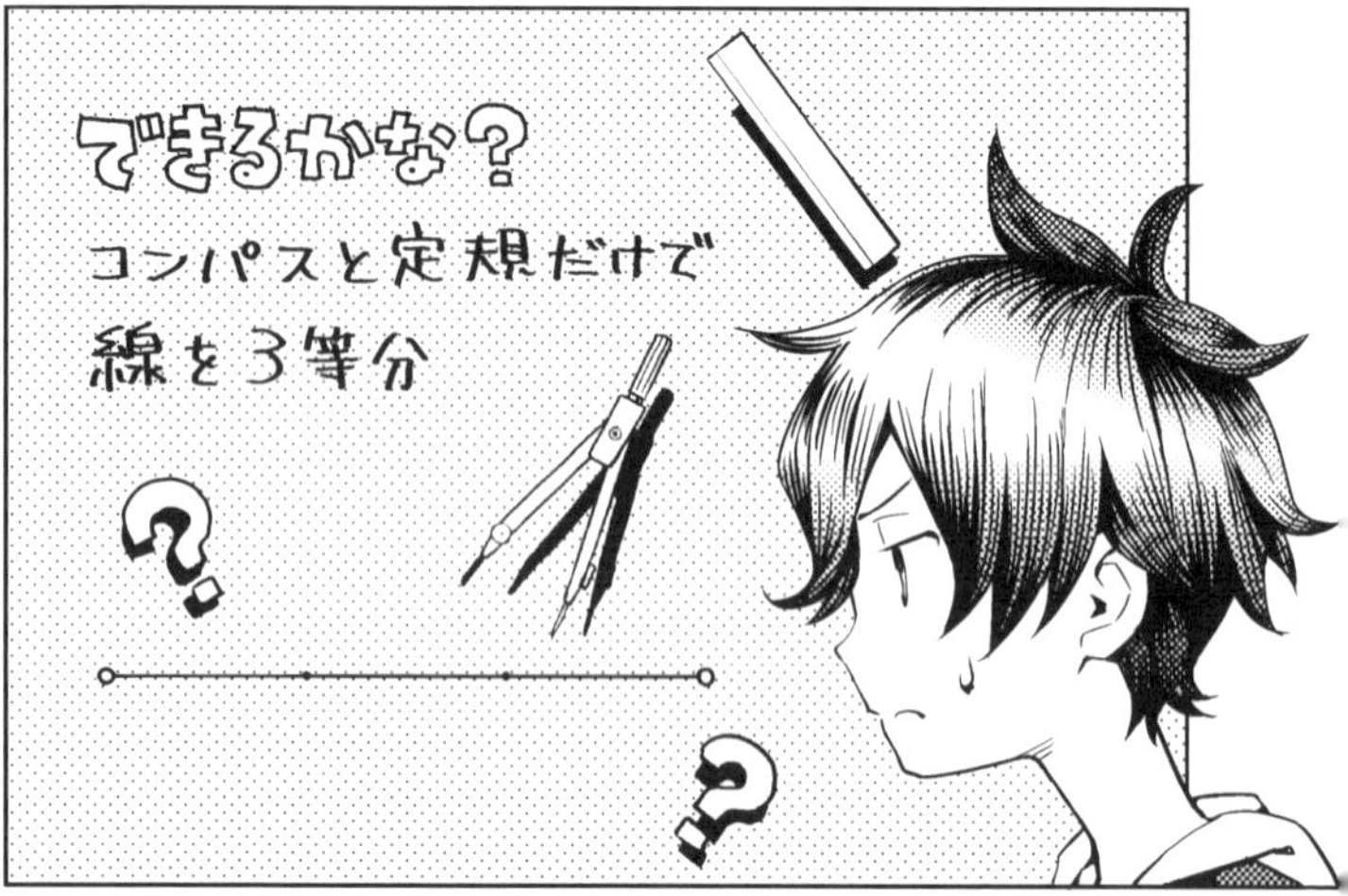

できるかな？
コンパスと定規だけで
線を3等分


くつかの線を描いてみる。直線と円が、なにかの模様みたいに、ノートの上で踊る。けれど、どれもうまくいかない。二等分、四等分はできるけれど、三等分だけは、どうしてもできなかった。

「ダメだ、降参。思いつかない」

「ふむ。貸してみて」

気軽な感じで言うと、師匠は雄天のノートを引き寄せた。コンパスと定規を手に取ると、サラサラと作図をはじめる。

「まず、三等分したい辺に加えて、もう一本の直線を描くんだ。それから、コンパスをこう使って……」

師匠の言葉に合わせて、コンパスが舞う。

<線分アイを3等分する>

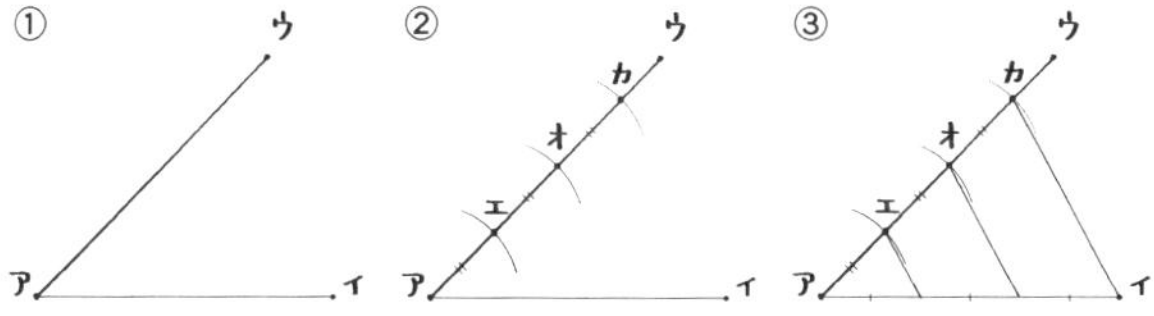


①点アを通る線分アウを適当に引く。

②点アから適当な弧をコンパスで描き、線分アウとの交点をエとする。
次に点エから先ほどと同じ長さの弧を描き、点オをとる。
さらに点オから先ほどと同じ長さの弧を描き、点カとする。

③線分イカと平行で、点エ、点オを通る直線を引く。
（平行な線の引き方は次ページ参照）

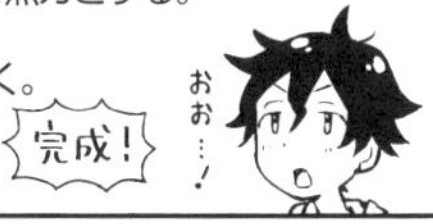


まるでバレリーナの足みたいに、美しく動き回っていると思ったら……。

気がついたときには、もとあった線は、きっちり三等分されていた。

「ほらね」

「すごいな……」

思わず、驚きの声がもれる。雄天は、しばらくの間、ノートに目が釘づけになった。

作図をするときのルールでは、定規は、長さを測るためではなく、直線を引くためにしか使ってはならない。そんなルールがあっては、三等分の作図なんて、できそうにないと思っていたけど……。

「こんなカンタンに、できるもんなんだ

## 点オを通って辺イカに平行な線を引くには?

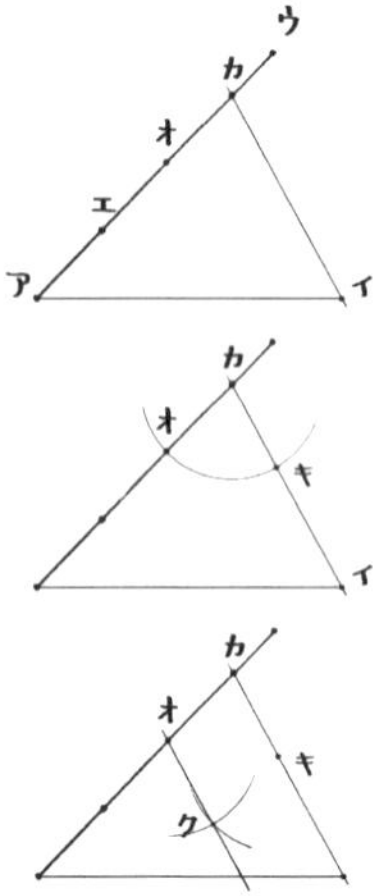


①点カを中心に点オを通る弧を描く。
その弧と辺イカの交点をキとする。

②それと同じ半径の弧を点オと点キから描き、
交点クと点オを通る直線を引く。

な」

「うん。学校では教えてくれないけど……。コンパスと定規に秘められた可能性は、僕らの想像をはるかにこえているんだよ」

「あんたが言うと、大げさな気がしないから不思議だよ」

そう言って、雄天はもう一度、ノートに目を落とす。一ミリの誤差もなく三等分された線。まわりには、ゆるやかなカーブを描くコンパスの印が、いくつも残っている。

こうして見ると、ちょっとした芸術作品なんかより、よっぽどきれいだ。

ただ、一つだけ気に食わないのは……。

となりに座っている恭平が、この芸術を見

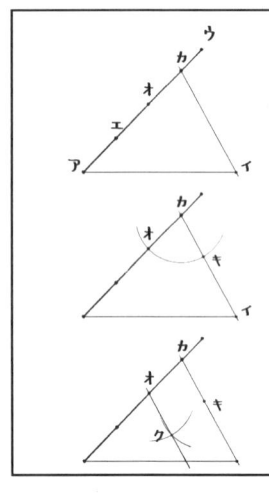

ようともせず、ぼんやりと窓の外に目を向けていることだった。

「……おい、恭平。おまえはなにをしているんだ？」

「ああ。そろそろ夕方だなぁ、って思って。今日は見たいテレビがあるんだ」

このテレビっ子め。雄天は、げんなりしてしまった。

せっかく、師匠のような人が身近にいるのだから。コイツも少しは、算数に興味を持ってほしいものなのだが……。

ん？　ちょっと待て。夕方だって？

雄天はあわてて、壁のかけ時計に目をやった。いつの間にか、時計の針は五時を指そうとしている。

いけない。もうこんな時間だ。暗くなる前に帰らないと。そろそろ、腹も減ってきたし。

頭の中で、雄天がつぶやく。けれど、その直後、師匠が思い出したようにこんなことを言ってきた。

「きみたちは算数を使って、ほかにも人助けをするつもりかい？」

「えっ？　あ、はい、そうです。おれたち、正義のヒーローを目指してるんで」

とまどいつつ、恭平が返事をした。すると師匠は、のどに小骨でも引っかかったような顔をする。

「正義の？」

「はい、トリプル・ゼロって名前なんです。学校の人たちには、ヒミツなんですけどね」

「ふむ」

師匠は、腕を組んでうつむいた。いつになく難しそうな顔をしているので、雄天と恭平は顔を見合わせる。

なにか、変なことを言っただろうか？　いや、恭平が変なのはいつものことなんだけど、そうじゃなくて。師匠の気にさわることでも、言ってしまったのだろうか。

一分か二分の間、師匠はずっとだまったままだった。が、やがて小さく息をつくと、真剣な声でこう言った。

「正義というのは、とても難しい考え方だ。気をつけないといけないよ」

正義が、難しい？　どういうことだ？

言っている意味が、まったくわからない。となりでは恭平が、やはり頭上にハテナマークを浮かべている。

「師匠。あんたには、なにが見えてるんだ？」

「なにも見えてなんかないよ」

そう言いながら、師匠はコンパスと定規を片づける。

夕方の図書館のラウンジは、少しだけ人が増えてきて、ずいぶんとザワザワしはじめていた。


翌日、四宮は学校で、とくに変わった様子もなくすごしていた。保健室に行くこともなく、ちょっと見ただけでは、悩んでいるなんてだれにも気づかれそうにない。

話しかけてみようかと思ったが、放課後になったとたん、風のように去っていってしまった。今日もまた、どこかで手品の練習をするに違いない。

顔には出ないけれど、四宮はあせっている。

人の死っていうのは、それだけ大きなことなのだ。

雄天がばあちゃんを亡くしたのは、幼稚園に上がるより前だった。だから、ほとんどなにも覚えていない。残っている記憶は、たった二つだけだ。

じいちゃんと、ばあちゃんと、雄天。三人で向かい合って、なにかを話している記憶。

ばあちゃんの仏壇の前で、じいちゃんが涙を流している記憶。

たった、それだけ。音もにおいも、なにもない。ちぎれた写真かなにかみたいに、そのたった二つの場面だけが、雄天の頭にかすかに残っている。

雄天は、じいちゃんが泣いているのを、その一回きりしか見たことがない。

悲しみというのは、その人にしかわからないものだと、雄天は思う。ばあちゃんをほとんど知らない雄天には、じいちゃんのように泣くことはできないのだから。

四宮のことだって、そうだ。四宮の弟のかわりに、だれかが悲しんであげることはできない。その悲しみを、だれかにおしつけることはできない。

結局は、自分で乗り越える以外に、うまいやりすごし方はないのだ。

それにしても。

「雄天くん？　雄天くん？」

あのとき、じいちゃんとばあちゃんとおれは、いったいなにを話していたんだろうか。

「雄天くんってば」

「ん？」

たたみの上に寝ころんでいた雄天は、自分を呼ぶ声に気がついて、物思いの海から体を起こした。見ると、じいちゃんが、しわくちゃの顔でこちらをのぞきこんでいる。

「呼んでも返事せんから、目をあけたまま寝とるのかと思ったわい」

「それができたら、便利そうだな。授業中に寝ていても、気づかれない」

「そんなことばっかり言っとる……」

「で、なにか用？」

「あ、そうそう。ほれ、用意できとるぞ。恭平くんも遠慮はいらん」

「あ、ありがとうございます！」

恭平が近くに寄ってきて、じいちゃんから差し出されたものを受け取った。続いて雄天も、自分の分を受け取る。

キャップ帽と、大きめのサングラスだった。

これをわたしたいからって、わざわざ恭平にも家に来てもらったわけだ。

「おお、カッコいい！」

そう言って、恭平はさっそく帽子とサングラスを身につけた。どちらも大きめのサイズなので、顔の半分以上がかくれている。

これをつけていれば、正体がバレることはないだろう。

「キャップはじいちゃんの手作りだ。三つの『ゼロ』を頂点とする、正三角形。マークも注文どおりだろう？」

「はい、ありがとうございます！」

恭平が、とてもうれしそうに頭を下げる。

かけっこ勝負のとき、恭平は、サングラス男の役を雄天にゆずってくれた。だけど、なんだかんだ言って、やっぱり自分も目立ちたかったのだろう。

次からは、二人ともこれを身につけて出動する、というわけだ。帽子の横には銀色のアルファベットで〝Triple Zero〟の文字。つばの色は、雄天が赤で、恭平が青。

かけっこ勝負のときのような、テキトーにかき集めたものではない。トリプル・ゼ

ロ専用の変装セットだ。

「あれ？　なんでもう一セットあるんだ？」

不思議に思って、雄天はたずねた。たたみの上に、なぜかもう一組のキャップ帽とサングラスが置いてあったからだ。つばの色は、黄色。

　それがなぁ、と言いながら、じいちゃんは頭をかいた。

「『トリプル』ってくらいだから、三人いるのかと思っとってな」

「いないよ。おれと恭平の二人だけだって、言わなかったか？」

「聞いたかもしれん。が、忘れちまった」

「まあ、いっか。いざとなったら恭平が二

人分はたらくだろ」

「しないよ、そんなこと！」

恭平が、怒って腕を振りまわす。サングラスをかけているから、マフィアみたいでけっこう怖い。

「二人は仲がいいのう。ああ、そうだ。気になっとったんだが、『トリプル・ゼロ』って、いったいなにをするチームなんだ？」

「ヒミツ」

声をそろえて、二人で答える。じいちゃんは苦笑いをしただけで、それ以上はなにも聞いてこない。

本当に、いいじいちゃんである。

「さて。作りすぎたキャップは、どうしようか」

口をへの字にして、じいちゃんが話題を戻した。

どうしようもなにも、予備にするしかないと思うけど。

心の中で、雄天はそんなことをつぶやいた。しかし、もちろんじいちゃんには伝わらない。おでこにしわを寄せ、しばらくなにかを考えていたが、やがて、ポン、と手を打った。

「いっそ、ばあさんにでもあげるか。こういう若者っぽい帽子、好きだったからな」

そう言って、じいちゃんはケラケラと笑う。恭平が、よくわからずに首をかしげている。

「ばあさんにあげる」とは、「仏壇に供える」ということである。

さすがに天国のばあちゃんも、子ども用の帽子をもらってよろこぶわけがない……。

そこまで、考えたときだった。

不意に、師匠の言葉が頭によみがえり、雄天の心を、トン、とたたいてきた。

──「助ける」ってなんだろう？ どうやったら助けたことになるんだろう？

そして、昨日から今日にかけて耳にしたことが、頭の中でうずを巻く。四宮のおばあさん。手品。プレゼント。雄天のばあちゃん。つばの黄色い帽子。

気づくと雄天は、恭平の腕を引っぱって、部屋のすみっこにつれてきていた。とまどったような顔をする恭平。

じいちゃんに聞こえないよう、雄天は小声で言った。

「なあ、恭平。四宮の弟は、おばあさんにプレゼントをわたせなかったのがショックで、学校に行けなくなったんだよな？」

「うん、そうだね」

雄天の調子に合わせて、恭平も小声で答えてくれる。少し離れたところから、じいちゃんが不思議そうにこちらを見ているけれど、そんなことは気にしていられない。

「じゃあ、プレゼントを天国まで届ければ……弟も満足して、また学校に行けるようになる。そう思わないか？」

「ああ、そうかもしれない……」

言いかけて、恭平は目を丸くする。

「おい、そんなこと、できるのか？」

「ああ、できる」

自信を持って、雄天は言い切った。

「算数が持つ無限の可能性、見せてやるよ」

四宮の弟を「助ける」方法。

うまくいくかどうか、わからないけど。雄天は、思いついた。

そしてたぶん、これは自分たちにしか……トリプル・ゼロにしかできない方法だ。

「なあ、じいちゃん」

「ん？　なんだ、雄天くん？」

「ほかにも、用意してほしいものがあるんだけど」

キョトンとするじいちゃんに、雄天は言った。

天と地をつなぐ大作戦の、はじまりだった。

## 3 バイバイ、おばあちゃん

四宮怜は、怒っていた。というか、キレていた。

原因は、四時間ほど前の出来事である。

一日の授業がすべて終わり、さあ帰ろう、と自分の下駄箱の扉をあけたとき。お気に入りのクツの上に、なにやら紙切れがのせてあることに気がついた。

また、ラブレターだろうか。今月だけで三通目だ。あいにく自分は、だれともつきあう気はないんだけど。

そう思って、紙切れをなにげなく手に取ったら……怜の背中に、さむけが走った。

> 弟さんを助けたければ、
> 今から一人で校舎裏に来てください。
> トリプル・ゼロ

もしかして、誘拐？

どうして？　弟は――アキラは今日も、家に閉じこもってるはずなのに……。

その紙切れをにぎりしめて、怜は走りだしていた。

理由なんて、どうだっていい。とにかく、アキラが危ない。助けなきゃ。

弟を救うのは、姉の役目。どんな極悪人が待っていようとも、逃げるもんか。

息を切らして、怜は校舎裏にたどりついた。

そこにはすでに、怪しい男子が一人、ポケットに手をつっこんで立っていた。帽子とサングラスで、顔はわからない。

けれど、身がまえる怜に向かって、怪しい男子は、意外なほど明るい声をかけてきた。

「やあ。待ってたよ、四宮さん」

あまりにも気軽すぎる調子。わけがわからず、怜は眉をひそめた。

しかも、声を聞いたら、すぐにわかってしまった。

コイツは、うちのクラスの轟恭平だ。

「えっ、恭平？　そんなヤツは知らないぞ。おれはトリプル・ゼロの一人！　ブルー・ゼロ！」

おかしなポーズを取りながら、おかしなことを言う恭平。

バカなの？

誘拐犯と対決するつもりだったのに、すっかりその気も失せてしまった。誘拐でもなんでもない。ただのヒーローごっこだった、というわけか。

けれど、ブルー・ゼロと名乗った轟恭平は、怜があきれていることになど、気がつく様子もない。しかも、なぜか得意気な声でこんなことを言いだした。

「弟さんを助けたい？　もしも助けたいなら、今夜六時五十九分、きみの部屋で、弟さんにある手品を見せてほしいんだ」


そういうわけで、その四時間後。

怜は自室で、キレていた。

デジタル時計が、六時五十五分を示す。恭平が指定してきた時刻まで、あと四分。

あたりまえだけど、いきなりあんなことを言われて、「はい、わかりました」と言えるほど、怜も単純ではない。なんのために、六時五十九分に手品をしなければいけないのか。怜は、しつこく聞いてみた。

恭平から返ってきたのは、ひどくあやふやな答えだけだった。

「えっ？　なんのためって……、えぇと、そう、ショーだよ！　ちょっとしたショーを見せたいと思って！」
平手打ちでも、食らわせてやろうかと思ったほどである。
人の家の事情に首をつっこんでおいて、なにがショーだっていうの？
ふざけないでよ。
「お姉ちゃん、どうしたの？　怖い顔してるけど」
いきなり声をかけられて、怜はハッと顔を上げた。弟のアキラが、ベッドに座って
こちらを見ている。今日もまた、たくさん泣いたのだろうか。目の周りが、真っ赤
だった。
怜はため息をついてから、イスから立ち上がった。
恭平のおかしな態度に、怜は怒りを覚えている。けれど同時に、あの男の言うとお
り、自室にしっかりとアキラを呼んでしまっている。
たしかに、恭平のほうは、どう見てもただの変人だ。
だけど、恭平はこの前、べつの男子といっしょにいた。たしか、有明雄天。
アイツは、恭平と少し違う気がする。

あの日、雄天は怜の手品のタネを、ひと目で見抜いた。

授業中はいつも寝てるし、運動ができるわけでもない。マイペースで、変わったヤツだとは思ってたけど……。意外と賢いらしい。

たぶん、今回のことには、恭平だけではなく雄天もかかわっているのだろう。

――ハートのエース、すごかった。ほかにもなにか、見せてくれないか？

神社で、雄天がかけてきた言葉。

あの言葉のとおり、あたしはアンタに、手品を見せた。

なら、アンタはあたしに、なにを見せてくれるっていうの？

「アキラ、そのペンダント、ちょっと貸してみて」

「えっ？」

驚いたように、顔をこわばらせるアキラ。その手の中には、おばあちゃんにわたすはずだったプレゼントがにぎられている。

まん丸で、三角形の模様がついたペンダント。カラフルな紙を切ったりはったりして、アキラが一生懸命に作ったものだ。

「いいけど……」

ちょっと警戒しながらも、アキラはペンダントをわたしてくれた。紙でできたペンダントは、ちょっとでも力を入れたら、すぐにこわれてしまいそうだった。

机の上の、デジタル時計をチラッと見る。

六時五十九分、ジャストだった。

「あれ？」

その瞬間。

「ねぇ、お姉ちゃん。ペンダントは？」

怜の手の中から、ペンダントは消え失せた。

目と鼻の先でプレゼントを見失ったアヤラは、しばらくの間、キョトンと目を丸くしていた。けれど、徐々に状況がわかってくると、顔がみるみる赤くなっていく。

「お姉ちゃん！　おばあちゃんのペンダント、どこにやったの⁉」

泣き叫ぶような声を、ぶつけてきた。怜はだまって、両の手のひらを見せる。

実際は、すばやくそでの中にかくしただけだ。けれど、アキラから見たら、煙みたいに消えてなくなったように見えただろう。

それほどまでに、怜の手ぎわはカンペキだった。

――怜ちゃん、うまい。手品の才能あるよ。

手品を習いはじめたころ、おばあちゃんはそう言ってほめてくれた。

怜の手品がどんなに下手でも、驚いたり、笑ったりしてくれた。

「返してよ！　あれは大事な、大事な……」

「聞いて、アキラ」

だだをこねるアキラに向かって、怜は言う。

おばあちゃんの声が、頭の中によみがえる。

――いつか怜ちゃんといっしょに、お客さんの前で手品ができたらいいねぇ。

「アキラ、おばあちゃんはね、もう……」

涙をこらえて、そう言いかけたときだった。

夜にしずんでいた窓の外が、かすかに明るくなった。

ハッと息をのんで、怜は立ち上がった。デジタル時計は、七時ちょうどを示している。

アキラも異変に気がついたのか、声を上げるのをやめた。

怜は、おそるおそる窓に近づいていく。

——弟に手品を見せたら、運動公園を見下ろしてほしい。

すっかり忘れていたけれど……。帽子とサングラスをした恭平に、怜は、そう言われていたのだった。だけど、そこにいったいなにが……？

窓をカラカラとあけて、怜は身を乗りだした。

そして、そのまま言葉を失った。

運動公園というのは、怜の住むマンションから見下ろせる、とても広い公園だ。だれもが自由に出入りして、球技をしたり、走りまわったりできる。

その運動公園の一角。砂地の広場の真ん中に……。

巨大な光の図形が、浮かび上がっていた。

「なに、あれ……？」

かろうじて、そんなかすれた声がのどから出る。いつの間にかとなりに来ていたアキラが、窓枠につかまって背伸びをした。

「ペンダントが、おっきくなった……」

アキラは、ぼうぜんとそうつぶやいた。

そのとおりだ。怜がさっき目の前から消したばかりのペンダント。それと同じ模様が、光で広場に描かれている。円の中に三角形が収まった、きれいな模様。

いったい、どうして？

だれが、どうやってあんなことを？

「……あれなら、おばあちゃんにも見えるかな？」

真剣な口調で、アキラが言う。怜は、ドキリとした。思わず、空を見上げる。

夜空には、宝石よりもずっと美しい星たちが、チカチカと、チカチカとまたたいていた。怜たちに向かって、ほほえんでいるように見えた。

「おばあちゃん……」

夜空を見上げたまま、アキラがつぶやく。

そして、いきなり、天に向かって腕をブンブンと振りはじめた。

「ア、アキラ⁉」

「おばあちゃんに……お別れしないと……。きっと今なら……、見てるから。プレゼント……、届くから」

途切れ途切れに、アキラは言った。目には、涙がいっぱいにたまっている。

それを見たとたん、怜の目頭も一気に熱くなった。運動公園に浮かび上がる図形が、涙でぼやける。

光のプレゼント。

ちょっと遅れちゃったけど。見てくれていますか。

天国まで、届いていますか。

気づくと怜は、アキラといっしょに手を振っていた。

あたしは……。

おばあちゃんがやってたみたいに、手品でだれかを、幸せにできますか。
「さようなら！」
二人で声をそろえて、天に叫んだ。
もう、おばあちゃんに手品を教わることはできないけど。
いっしょに、お客さんの前で手品するって約束、かなわなくなっちゃったけど。
あたし、がんばるから。
空から、見ててね。

## 4 三人目の仲間

「うまくいったかな……？」

青いキャップをかぶった恭平が、ふと顔を上げてポツリとつぶやいた。つられて雄天も、その視線を追う。四宮の住むマンションが、夜の真ん中にだまってたたずんでいる。

「どうだろうな」

赤いキャップをかぶり直してから、雄天はそっけなく答えた。コンセントを引っこ抜き、コードをぐるぐると丸める。夕飯の前に家を抜け出してきたからか、さっきから、ひっきりなしにお腹が鳴っている。

「それより、早く片づけるぞ。警察とかに見られたら面倒だ」

「わかってるって。ヒーローがお巡りさんにつかまるとか、シャレにならないからね」

そう言って笑うと、恭平は、地面に敷いてあったそれを引っぱった。ずるずると音を立てて引き寄せられていくのは……すでに光が消えたイルミネーションライトだ。クリスマスの飾りつけとかに使う、あれである。

こんなものを運動公園に広げていたら、なにを言われるかわからない。悪いことをしていいるわけじゃないから、タイホされることはないだろうけど。

「雄天。そこ、踏まないようにね」

「ああ。おまえも、落とさないよう気をつけろよ」

「うん、わかってる。わかってるんだけど、これ、意外と重たいな」

「たいへんそうね。あたしも手伝う？」

「うん、お願い……、げっ！」

驚く声とともに、恭平がとび上がった。なにかと思って雄天が目を向けると……。

公園の入り口の方から、女の子が一人、歩み寄ってきた。あわてて、サングラスをかける恭平。

いや、もう遅いだろ。

「やっぱり、アンタたち二人だったのね。有明くんに、轟くん」

「なんのことかな？　おれたちはトリプル・ゼロ！」

「恭平。気持ちはわかるが、あきらめろ」

雄天がそう言うと、ヒーローポーズをとったまま、恭平は固まってしまった。

四宮は、髪を片手でかき上げつつ、淡々と言った。

「アキラは……弟は、もう大丈夫みたい。ありがとう」

「そうか、よかった」

同じく、淡々と言葉を返す雄天。それがおかしかったのか、四宮はクスリと笑った。

「ねぇ、おれたちの正体、どうやって見破ったの？　もしかして、エスパー？」

サングラスをはずしながら、恭平がそんなことを言う。

コイツは、本当にバカなのだろうか。

「いや、あたしじゃなくてもわかるって。顔かくしても、声でバレる」

「そんな……。剛志とシゲにはバレなかったのに」

「あの二人はニブいだけでしょ」

恭平をテキトーにあしらってから、四宮はぐるりとあたりを見まわす。電気のコードは、まだ地面にはいつくばっている。

「そっか。あの光、イルミネーションだったんだ」

「ああ。電源は、キャンプ用のバッテリーを使った」

「どうやって用意したの？」

「協力してくれる人がいてな」

雄天はすまして、そう答えた。もちろん、じいちゃんのことである。

じいちゃんは、伸ばすと数十メートルになる長い長いイルミネーションライトを、父さんと母さんにナイショで買ってきてくれた。バッテリーは、物置から引っぱり出してきた。

そうして道具をそろえてから、雄天と恭平は、ペンダントと同じ模様を地面に描き、それに沿ってイルミネーションライトを並べたわけだ。

「光の図形」は、こうして完成したのである。

ちなみに、四宮のマンションの場所を教えてくれたのは、クラスでひそかに「四宮怜ファンクラブ」を名乗っている男子たちである。ラブレターを無視されてもファンをやめない、けなげな連中だ。ストーカー化しないことを心から祈る。

四宮は、バッテリーとイルミネーションライトを、しばらくじっとながめていた。

そして、「ふぅん」と小さくつぶやくと、雄天に向かって言った。

「でも、あんなに大きな図形、よくきれいに描けたね」

「あのプレゼントが、たまたま作図しやすい形だったからな」

「作図?」

「ああ。コンパスと定規だけで描けるんだ」

そう言って、雄天は足もとに置いていたロープの束を拾い上げた。片方のはしっこを、恭平に向かって投げる。

恭平がそれを受け取ると、二人はロープを、軽く引っぱり合った。空中で、ロープが直線になる。

「恭平はコンパスの針の役で、おれが鉛筆の芯の役。こうしてロープをピンと張ったまま、おれが恭平の周りをグルリと回れば、円が描ける。巨大なコンパスのできあがりってわけだ」

「そうそう。おれがしっかり踏ん張ったんだよ」

得意そうに、恭平が胸を張った。小柄だけど、力が強い。そんな恭平がいたからこそ、作業は思ったよりずっとスムーズに進められた。

恭平が手を放したので、雄天はロープをもう一度たぐりよせた。

片づけの手を動かしつつ、説明を続ける。

「定規はカンタンだな。ピンと張ったロープを、そのまま地面に置けばいい。わかるか？　算数のノートが運動公園に変わっただけで、作図のやり方自体は変わらないんだ」

「なるほどね。算数っていうのも、便利なものなのね」

「ああ、そうだ。そしてこれが、おれたちトリプル・ゼロのやり方だ。人助けに算数を使おうなんて、ふつうは考えないだろ？　だからこそ、だれにも思いつかない作戦を思いつくんだ」

雄天が語るそばで、恭平は「そうそう」とうなずいている。

四宮は、無言でなにかを考えているようだった。それから、ふと思い出したように空を見上げて、それから地面を見下ろす。暗がりの中、図形の跡が少しだけ見えているはずだ。

しばらくじっとおしだまると、彼女はいきなり、とんでもないことを言いだした。

「おもしろそうじゃん。あたしも手伝ってあげる」

「へっ？」

あまりに驚いたせいか、恭平は間抜けな声を出す。数秒間、ポカンと口をあけてから、やっと意味がわかったのか、あわてた調子でもごもごとしゃべりはじめる。

「いや、でも……これはおれと雄天が、その……」

「ことわったら、アンタたちの正体、学校中で言いふらすけど?」

「えっ!? それは困るな……」

恭平はうろたえて、チラリとこちらに目配せしてきた。だから、ニヤリと笑って、雄天は言ってやった。

「いいじゃんか。ことわる理由なんてないだろ」

「えっ……あ、まあ、雄天がそう言うなら……」

「あら。そんなにあっさり、入っていいの?」

「ああ、いいぜ。二人より三人のほうが、チーム名にも合ってるしな」

雄天がそう答えると、怜はまたクスリと笑った。恭平も、納得したように「たしかに、そうだね」とつぶやいている。

算数マニアとヒーローオタク、そして女マジシャン。

なんともチグハグで、楽しそうなチームじゃないか。

そんなことを考えてから、雄天はふと思い出し、少し遠くに置いていたカバンを取

りに行った。地面から拾い上げて、ゴソゴソと中をあさる。

やっぱりあった。予備で持ってきていた、黄色いつばのキャップ帽だ。

「ほらよ」

取り出した帽子を、怜に向かって投げた。

彼女はそれを、片手でキャッチする。

「ようこそ、トリプル・ゼロへ」

満天の星々の下、雄天は言う。

返事のかわりに、怜はキャップを頭にのせた。

# ミッション3
# 百発百中！　犯人当てゲーム

## 1 消えたペンケース

恭平のいる場所だけに、雨でも降っているかのようだった。

運動公園に「光の図形」を描いた、翌週の月曜日のことだ。ホームルーム中も、授業中も、そして休み時間でさえも。元気だけがとりえのはずの恭平が、ずっと暗い表情でふさぎこんでいる。

まるで病人みたいだ。というか、見ているだけでこっちまで病気になりそうである。

「……どうした？」

帰りの会がはじまる直前。あまりにも気になったから、雄天は声をかけてみた。恭平の、ゾンビみたいになった顔がこちらを向く。

周りのおしゃべりにかき消されそうな声で、恭平が言う。

「……雄天は、なにもなかったの？」

「は？」

「だから、先週のことだよ。夜家を抜け出して、帰ったあと」

「ああ、そのことか」

なんとなく察しがついて、雄天は思わず笑ってしまった。小学生が夜に勝手に出歩くのを許してくれる親はいない。

「当然、めちゃめちゃしかられたけど？」

「だろ？　じゃあなんで、そんなに平気そうなの？」

「だって、いつものことだからな」

「……雄天。きみに聞いたおれがバカだったよ」

力なくつぶやいて、恭平は机につっぷした。

「昨日、日曜だったじゃん？　お父さんの仕事、休みでさ。久しぶりに家にいると思ったら、『ちょっと話がある』って部屋に呼ばれて……この前のこと、さんざんしかられた」

今にも口から、魂が抜け出ていきそうな……そんな弱々しい声だった。ヒーローを自称しているくせに、打たれ弱い男だ。それとも、ふだんがマジメすぎるせいで、しかられるのに慣れていないだけか。

「あんまり気にすんなよ。親はおまえを憎んでるわけじゃなくて、ただ心配なだけだ」

「でもさ、おれたち正しいことをしたんだよ？　四宮さんの弟を助けたんだ。それなのにしかられるっていうのは、なんかなぁ……」

机にアゴをのせて、恭平はぼやく。

恭平の言うことは、いちいちもっともだ。家を抜け出したのは、怜の弟を助けるためだったのだから。本当は、ほめられたっておかしくない。

けれど、正しいことをしたからって、必ずほめられるとはかぎらない。

ちなみに雄天の家では、じいちゃんもお説教を受けた。父さんと母さんにナイショで、イルミネーションライトを大量に買ってきたのがバレてしまって……雄天といっしょに、居間に呼び出されたわけだ。七十近いお年寄りが正座でシュンとしている様子は、なんともおかしかった。

「はーい、みんな。席に着いて」

そうこうするうちに、帰りの会の時間が来たようだ。担任の女性教師・大橋先生が、クラス名簿を胸にかかえて入ってくる。「美人」ということで有名な先生だけど、正直、雄天にはよくわからない。

ざわざわと好き勝手におしゃべりしていた生徒たちが、いそいそと自分の席に戻っていく。雄天も、恭平の机から離れた。

生徒たちが静かになるのを見計らってから、大橋先生は声を響かせる。

「みなさんに、一つ連絡があります。今朝もお話ししたことですが……。西木さんのペンケースが、まだ見つかっていません。ピンクの、かわいらしいペンケースです」

とたんに、教室にざわめきが戻ってくる。マジかよ。かわいそー。そんな言葉が、あちこちから聞こえてきた。

そう言えば、朝のホームルームでも、そんな話を聞いた気がするな。

雄天は、少し首を伸ばして、一番前の席に座る女の子へと目を向ける。三つ編みにメガネ、そしてマジメそうな横顔。

西木あかり——五年三組の学級委員長だ。

「みなさん、もう一度、自分の机の中とカバンの中を調べてみてください。もしかしたら、間違ってまぎれているかもしれないので」

先生がそう言うので、クラスのみんなはいっせいに、机とカバンをゴソゴソとあさりはじめた。けれど、ペンケースが見つかった、という声は、どこからも聞こえてこない。

あたりまえだ。だって今朝も、同じよう

にみんなでゴソゴソと捜したのだから。今朝はなかったものが、午後になって突然現れるはずがない。

大橋先生は、とても残念そうな顔になった。

「もし見かけたら、すぐに先生に教えてくださいね」

クラスのみんなが、はーい、と返事をする。帰りの会は、それだけだった。

起立、気をつけ、礼。

さようなら。

日直の号令であいさつをして、今日も学校が終わった。

数人の男子が、先を争うように外へ飛び出していく。女子たちはいくつかのグループに分かれて、楽しそうに笑い合いながら教室を出ていく。

やれやれ、今日もようやく、家に帰れる。

あくびを一つかみ殺してから、雄天も、カバンを持って立ち上がった。

「恭平、おれたちも帰ろうぜ」

「しーっ」

恭平はこちらを振り向くなり、いきなり、なぜか口もとに指を当てた。わけがわからず、その場で立ち止まる雄天。

すると恭平は、ちょいちょい、と、教室の前のほうを指差した。目を向けると、二人の女子が話をしているところだった。

「たいへんね、あかり。ペンケース、大事にしてたんでしょ？」

「あ、怜ちゃん……。そうなの、ホントに困ってて……」

かろうじて、話し声がこちらまで届いてきた。落ち込んでいる西木を心配して、四宮怜が声をかけたのだろう。

聞くところによると……。怜はクラスの女子の中で、どの仲良しグループにも属していないらしい。べつに、きらわれているわけではなくて、いろんな形になれる雲のように、自由気ままな人なのだ。だれにでも気楽に話しかけるし、放課後は一人でさっさと帰ることもある。

そんな怜なのだから、西木と話しているのも、べつにめずらしくもなんともない。けれど恭平は、なぜか二人の様子をうかがいながら、真剣な顔で耳をすましている。

さっきまで、浜に打ち上げられた魚みたいだった男が、いったい急にどうしたというのだろう。

不思議に思う雄天をよそに、怜と西木は会話を続ける。

「どこかに置き忘れた、とかではないの？」

「うん、じつは……もとはといえば、教室に置き忘れたのが原因なんだけど……」

そこで言葉を切って、西木は首を横に振った。顔の動きに合わせて、三つ編みが左右にゆれる。

「思い出してから取りに戻ってみたら、なくなってたの」

「ふぅん、それは変ね」

そう答えた怜は、ふとなにを思ったのか、雄天たちのほうに視線を投げてきた。怜は、意味ありげに笑いを浮かべてきたが、幸い、西木は気づいていないみたいだった。どうやら、盗み聞きは最初からバレていたようである。

「事件のにおいだ」

声をひそめて、恭平はつぶやいた。目の中に、正義の炎がメラメラと燃えている。

なるほど。恭平がいきなり立ち直った理由、ようやくわかった。

コイツは、新しい目標を見つけたら、過去の小さな失敗など、どうでもよくなってしまうのだ。

そんなわけで放課後、三人は雄天の家に集まった。一階のはしっこにある雄天の部屋。床の上に座布団を敷いて、三人で向かい合う。

部屋のあちこちに、タワーのように積み上がっている算数の本たちを見て、怜があきれた声で言う。

「アンタね、片づけようっていう気はないの？　せっかく本棚があるのに、これじゃあ意味ないじゃない」

「いや、いつもの雄天の部屋は、こんなものじゃないよ。今日は片づいてるほうだ」

「えっ、そうなの？」

「恭平、よけいなことを言うな」

雄天はそう言って、恭平の後頭部をペシンとはたいた。

怜は、「ふぅん」と言いながら部屋を見まわしたが、それ以上はなにも言わなかった。そして、どこからかトランプを取り出して、シャカシャカシャカ、とシャッフルしはじめる。もはや、クセのようなものなのかもしれない。

それにしても。

「なんか、ついてきてもらっちゃったけど……大丈夫だった？」

恭平が、言いにくそうに口を開いた。怜が、キョトンとして聞き返す。

「えっ、なにが？」

「だって、女子同士で遊んだりとか……そういう予定もあるんじゃないの？」

おずおずと、続けてたずねる恭平。雄天も、少し気になっていた。

うちのクラスの女子は、よく何人かでまとまって、だれかの家に遊びにいっている。そういう集まりに参加しないで、こんな汚い部屋にいて大丈夫なのか。いくら怜でも、悪口を言われたりしないのだろうか。

けれど、雄天と恭平の心配など、どこ吹く風。すました顔で、怜は答える。

「べつに平気。放課後になにをしようと、あたしの勝手でしょ？」

「えぇと、たしかに、そうなんだけどね……。『つきあい悪い』とか言われないのかなぁ、って思って」

「まあ、あたしじゃなかったら言われるかもね。それで次の日から、だれも口きいてくれなくなったり」

怜はサラッと、とんでもないことを言った。雄天と恭平は、目を丸くして顔を見合わせる。

よくわからないが、女子ってこわい。そして、その「こわい女子たち」から一目置かれている怜は、いったい何者なのだろうか。

「……って、そうだった。こんな話をしている場合じゃないんだった」

あわてたように、恭平はそう言った。ようやく、目的を思い出したようだ。

そう。「女子ってこわい」という事実は、今はとりあえず、雄天たちと関係ない。

恭平は、わざとらしく「オホン」とせき払いをした。それから、マジメな顔で、雄天と怜に向かって言う。

「えー、二人ともわかってると思うけど、今日集まったのは、次のミッションのことを話し合いたいからだ」

　ミッションというのは、トリプル・ゼロとしての任務のことである。

怜にとっては、初めての作戦会議。……のはずなんだけど、本人はとてもリラックスしている。気に入ったのか、今も室内なのに黄色いつばのキャップ帽をかぶっており、なんだか恭平よりもずっと風格があった。

　トランプをシャッフルし続けながら、怜は言う。

「次のミッションって、あかりのことでしょ？」

「そう。おれが思うに、ペンケースはだれかにパクられたんだ」

　きっぱりと、恭平は言い切った。疑問を感じて、雄天は口をはさむ。

「ちょっと待てよ。本人の勘違いかもしれないだろ？」

「それはないと思う。あの子、昨日、自分の机とかかばんとか、心当たりのある場所は捜しつくしたらしいから」

　恭平のかわりに、怜がそう答えた。スルッ、と一枚のカードを抜き出す。スペードのエースだ、と思った次の瞬間には、カードは手の中から消えている。

何度見ても、鮮やかな手つきだ。

しかし、恭平は、怜の手品には目もくれず、真剣な顔つきで言う。

「机の上のものが、氷みたいにとけてなくなるはずもない。きっとだれかが、西木さんが置き忘れたペンケースを盗んだんだ。本当に卑劣だ」

「恭平。おまえ、かなり怒ってるな」

「あたりまえだよ。犯人は、絶対とっちめてやる！」

そう言って、恭平は顔の前で拳をにぎった。

かくれたところで、汚いことをする。恭平が、一番きらいそうなヤツだ。

「とっちめる、って言ってもなぁ。せめてなにか、犯人の手がかりがないと」

そう言って、雄天は首をひねった。

夕陽の丘小学校では、四年生、五年生、六年生の各クラスの学級委員長が、そのまま児童会として、学校行事を取り仕切る。西木あかりのペンケースがなくなったのは、その児童会の集まりのときだった。

西木は、五年三組の学級委員長として、児童会室での集まりに出席。そのあと、ペンケースを忘れてきたことに気づいて、五年三組の教室に取りに戻ったら……。

ペンケースはもう、影も形も見当たらなかった。

場所は、だれもいない放課後の教室。きっと、盗んだ現場を目撃した人はいないだろう。というか、目撃者がいるなら、こんな事件はとっくの昔に解決しているはずだ。

さて、どうするか。

そう思って、雄天はなにげなく、また怜の手もとに目をやった。怜がカードを一枚抜き取ると、今度はクラブのジャックだった。怜がそれを、カードの山の真ん中あたりに戻したかと思ったら……いきなり、山の一番上をひっくり返す。

雄天は驚いた。

そこに現れたのは、山の真ん中に差しこんだはずの、クラブのジャックだった。思わず、身を乗りだしてたずねる。

「すごいな、それ。神社でもやってた手品だろ？　どうやってんだ？」

「これ？　これは『パス』っていうの。一瞬で、カードの山の上半分と下半分を入れ替えるテクニック」

「へぇ。だから、真ん中に入れたカードが、一番上から出てきたわけか」

「どう？　ほかにも見たい？」

「おい、二人とも！　ちょっとはマジメに考えてくれよ！」

しびれを切らしたように、恭平が割って入ってくる。雄天は、「ああ、わりぃわりぃ」と顔の前で手を合わせた。

そのときだった。

ガタッ
いきなり、窓のほうから物音がして、三人はいっせいに動きを止めた。そして、次の瞬間には、三人同時に、バッ、と窓へと顔を向ける。

ほんの少し開いた窓。そこに、たしかに人影が映っていた。

盗み聞き、だと……？

まずい、と思って、雄天はすぐに立ち上がった。トリプル・ゼロのことは、友だちにはヒミツにしているというのに。もしも、クラスのだれかに知られて、言いふらされでもしたら……。これからの活動が、やりにくくなってしまう。

雄天は、すばやく窓に歩み寄り、いきおいよく開け放った。

そこには……。

しわくちゃな顔をしたじいちゃんが、わなわなとふるえながら立っていた。

「ゆ、雄天くんが……女の子と話しとる……！」

「……ああ、じいちゃん。たのむからどっかに行ってくれ」

ホッと息をつきながら、雄天はじいちゃんを追っ払った。女子が家に来るのがめずらしいとはいえ、のぞきはやりすぎである。若いころは、女湯をのぞいたりしていたのではないだろうか。

そんなことを思いながら、雄天は窓を閉め、しっかりとカギをかけた。くるりと振り返り、笑ってたずねる。

「……で、なんの話だっけ?」

「西木さんのペンケースをパクった犯人を、絶対とっちめようって話だよ」

「ああ、そうだったな。わりぃ」

不満そうな恭平に、雄天はもう一度謝った。謝ってから、表情を引きしめて付け加える。

「けどさ、あんまり熱くなりすぎるのは、危険だぜ? 師匠が言ってただろ?」

「神之内さんが?」

「ああ。正義ってのは難しいから、気をつけないといけない、ってさ」

雄天がそう言うと、恭平は困ったような顔で腕を組んだ。師匠の言葉の意味を、探ろうとしているのだろう。

雄天だって、師匠がなにを伝えたかったのか、まったくわかっていない。けれど、あの師匠が……神之内宙が言うのだから、きっとそこには、深い意味がある。

「あ、そうか」とつぶやいた。

「ねぇ。師匠ってだれ？」

となりで怜が、首をかしげた。あたりまえのことに気がついて、雄天は思わず「あ、そうか」とつぶやいた。

うっかりしていた。怜は師匠と会ったことがないのだ。

なんて言おうか、ちょっと迷っていたら、恭平がシンプルに説明してくれた。

「師匠っていうのは、雄天が算数を教わってる人なんだ。六年生の神之内さんって人で、算数の天才」

「算数の天才？　そんなにすごい人なの？」

トランプをシャッフルする手を止めて、怜がたずねる。けれど恭平は、ポリポリと頭をかくと、なんとも気まずそうにこう言った。

「まあ、じつはおれにも、どのくらいすごい人なのかわからないんだけど」

雄天は、肩すかしを食らった気分になった。

しかし、わからないのも当然だろう。恭平は算数が苦手だから、師匠の話はほとんど聞いていないのだ。

「あ、でも、すごく物知りだってことは、なんとなくわかるよ。この前なんて、手品を教えてくれたし」

「手品？」

怜が、「手品」という言葉を聞いて、ピクリと眉を動かした。大きくうなずいてから、恭平は言う。

「ためしに、やってみせるよ。今からちょっとした計算をして、四宮さんの誕生日を当てようと思う」

「あたしの誕生日？」

「うん。雄天、電卓ある？」

ニコッと笑って、恭平がたずねてくる。雄天は「もちろんだ」とうなずいた。

誕生日当てゲーム、か。

そう言えばこの話のときは、めずらしく恭平もいっしょに聞いていたな。

「じゃあ、それを四宮さんに貸してあげて」

言われたとおり、雄天は机から電卓を持ってきて、怜に手わたした。

「え？　あたしが計算するの？」

「うん。こっちに数字を見せないようにね。ではでは、世にも奇妙なマジックショー、はじめようか。みなみなさま、計算の準備はよろしいかな？」

そんなふうに、恭平は前置きをしてから語りはじめた。「みなみなさま」もなにも、この部屋には恭平を含めて三人しかいないのだけど。

「さあ、まずは生まれた月を4倍してみてほしい。1月生まれなら『1×4＝4』。2月生まれなら『2×4＝8』」

言われたとおりに、怜は電卓のボタンを押した。ちょっと間をおいてから、恭平は続ける。

「次に、出てきた答えに9を足して、それから25倍する」

「9を足して、25倍……」

「そして最後に、生まれた日を足すんだ。1月3日生まれなら『3』。2月10日生まれなら『10』」

恭平は、意外なほどすらすらと指示を出していく。それに合わせて、電卓をたたく怜。

雄天は、素直に驚いた。算数の苦手な恭平が、まさか誕生日当てゲームを丸暗記しているなんて……。

そんなふうに感心しかけて、雄天はふと気づく。恭平が右手で、なにやら小さなメモ紙を握りしめていることに。

怜が電卓をたたくのに夢中になっている間に、恭平は、その紙をチラッと見た。

カンニングである。

五秒前の感心を返してほしいと、雄天は肩を落とした。

そうこうしているうちに、怜は電卓をたたき終えた。それをたしかめてから、恭平がたずねる。

「答えは出た？」

「ええ。『1247』になったけど」

『1247』、か……。そうすると、きみの誕生日は、えーと、『10月22日』だね」

「えっ？　正解……」

いつもクールな怜が、めずらしく目を丸くして驚いた。得意そうに胸を張る恭平。

チラ
誕生日当てゲーム
① 生まれた月を4倍する
② ①に9を足して25倍する
③ 生まれた日を足す
④ 出したこたえから225を引くと…

初めて逆上がりを成功させた子どもみたいに、キラキラとした表情だった。

感心したような声で、怜が言う。

「すごいね、びっくりした。いったい、どういうしかけがあるの？」

「しかけ？　ごめん、全然わかんない」

なぜか堂々と、恭平はそう答えた。怜の表情が、すぐにあきれ顔へと変わる。

そんなやり取りを見て、雄天はただ、苦笑いを浮かべた。

恭平がやったことといえば、じつはとても単純である。

出てきた答えから「225」を引いただけ。相手の誕生日が何月何日だろうと、それだけで勝手に答えが出るようにできている。そうなるように、わざわざ4倍したり9を足したりさせたのだから。

「1247－225＝1022」なので、10月22日。

そう、雄天にはタネがわかっていた。そして、カンニングしたこともわかっていた。わかっていたけど、恭平があまりにもうれしそうだったから、それを怜にバラすのはやめてあげた。

そして怜はといえば、今ので手品魂に火がついてしまったのか、またトランプをシャッフルしはじめた。

「じゃあ、今度はあたしの番ね」

「いや、待って違う、そうじゃない！　いつの間にか話がそれてしまっているよ！」

「アンタが自分でそらしたんじゃない」

不満そうな口調で、怜は言う。

たしかに、さっきから話がまったく進んでいない。西木のペンケースをとった犯人をどうするか、という話だったはずなのに。

「なんにせよ、だな」

線路のポイントでも切り替える気分で。雄天は、脱線した話題をもとに戻す。

「今のままじゃ、手がかりが少なすぎてどうしようもないよな。どうする？　また師匠にでも相談するか？」

「神之内さんにたよってばっかりっていうのも、よくないよ」

恭平が、首を振ってそんなことを言う。妙な感じがして、雄天は眉をひそめた。

「じゃあ、どうすんだ？」

「じつはもう、犯人の目星はついているんだ。怪しいヤツなんて、そうそう多くないからね」

自信マンマンにそう言うと、恭平は顔の前で人差し指を立てた。やけにもったいぶってから、ナイショ話みたいな小声で言う。

「剛志だよ」

「剛志？」

思わず、雄天は聞き返してしまった。

どうして、いきなりアイツの名前が出てくるのか。シゲとのかけっこ勝負に負けて、最近はかなりおとなしくしているはずなのに。

不思議に思ったのは、怜も同じだったようだ。首をかしげて、恭平にたずねる。

「どうしてそう思うの？」

「西木さんをきらってる人なんて、クラスにアイツしかいない」

きっぱりと、恭平は言い切った。コイツの自信は、いったいどこから来るのか。

たしかに、マジメでやさしい学級委員長である西木は、男子からも女子からも好かれている。一方で、乱暴者の剛志は、西木によく注意されている。剛志が西木をきらっていても、おかしくはない。

けれど、話はそうカンタンではないだろう。

「アンタね、女子の友だち関係なんて、男子にはわからないと思うんだけど」

「ああ、おれもそう思う」

怜と雄天は、口々に言った。二対一、だけれども、恭平は余裕の表情をくずさない。ドラマとかでよく見る名探偵みたいなしゃべり方で、続きを語る。

「もちろん、怪しい理由はそれだけじゃない」

「ほかにも、なにかあるってのか？」

「うん。じつは剛志、去年も似たような事件を起こしてるんだ。クラスメイトの鉛筆とか消しゴムを取り上げて、そのまま返さなかった。いろんな人から同じことをして、ついに先生から大目玉を食らったんだよ」

「ああ、借りパクか」

「そうそう。あいつは、人の物を取り上げて困らせるのが好きなんだよ。遠足のときだって、シゲに『おやつ没収』とか言っていたわけだし」

そう言うと恭平は、自分で自分の言葉を確認するように、うんうん、とうなずいた。

顔を見合わせる、雄天と怜。

たしかに、お気に入りのペンケースがなくなってから、西木はすっかりしおれてしまっている。犯人の目的が、西木を困らせることなのだとしたら……それはバッチリ成功している。

なるほど。一応、きちんと調べてあるわけか。なんだか、本当に名探偵っぽいな。

そうやって感心している雄天に向かって、恭平は身を乗りだしてこう言った。

「とにかく剛志を、また校舎裏に呼び出そう」

「呼び出して、どうする気だ？」

「決まってるよ！　ペンケースをどこにやったか、白状させるんだよ！」

両目をメラメラと燃やし、炎の名探偵・轟恭平は高らかに言う。ずいぶんと、鼻息が荒い。クールな怜と交互に見ると、そのギャップがなんともおもしろい。

けれど同時に、雄天は心配でもあった。

大丈夫だろうか。

素直に白状すればいいんだけど。しらばっくれてきたら、やっかいなことになりそうだな……。

## 2 あってはならない間違い

そして一夜が明け、翌日。

小さな小さな不安を覚えたまま、雄天は自分の机にヒジをついていた。いつものように、帰りの会がはじまるまでの間、生徒たちは好き勝手におしゃべりをしている。雄天は、西木に目をやった。彼女は自分の席で一人、うつむいている。彼女のペンケースは、まだ見つかっていない。

「おい、雄天」

横から近寄ってきた恭平が、雄天の肩をたたいた。彼は、周りに聞こえないように、声をひそめて言う。

「バッチリ、入れてきたぞ」

「そうか」

雄天も、小声で言葉を返した。二人の様子に気がついたのか、女子同士でおしゃべりしていた怜が、チラッと目配せしてくる。雄天は、小さくうなずいた。

計画は、順調にスタートした。

まず恭平が、だれにも気づかれないよう、剛志の下駄箱に手紙を入れてきた。帰り際、クツをはきかえるときに、必ず手紙を目にするはずだ。

今日の午後四時、一人で校舎裏へ来い。

トリプル・ゼロ

とてもシンプルな呼び出し状。

前回のかけっこ勝負でも、剛志はきちんと校舎裏に来た。今回も、きっと乗ってくるだろう。

そんなことを考えていると、担任の大橋先生が教室に入ってきた。昨日と同じように、西木のペンケースが見つからない、という話をしただけで、帰りの会はすぐ終わった。

日直の号令。

さようなら。

ざわざわとした声が広がり、クラスのみんながいっせいに動きだす。雄天は、剛志の行方を目で追った。剛志は、恭平の斜め前の席である。

彼は、となりの席の友だちと、なにかひと言、ふた言話すと、さっさと教室を出て行った。

「おれたちも、校舎裏に行かないとね」

カバンを片手に近づいてきて、恭平は小声でそう言った。続いて怜も、すました顔でこちらに歩み寄ってくる。

今日は三人とも、帽子とサングラス、そして替えの服を持ってきている。顔をかくして姿も替え、正体がバレないようにするためである。

校舎裏に行く前に、人目につかないところで着替えなくては……。

そう、思ったときだった。

「あの……恭平くん」

いきなり、後ろからこわごわと声をかけてくる人がいた。三人いっしょに、顔を向ける。

小柄で気弱そうなクラスメイトが、そこに立っていた。

「ああ、シゲか」

ちょっとあわてた感じで、けれど、いつも通りのフリをして、恭平が言った。

「どうかしたの？」

「うん。ちょっと聞きたいんだけど。恭平くんって、剛志くんと席近いよね？　剛志くん、もう帰っちゃった？」

「剛志？　帰ったけど……どうして？」

「えぇと、じつはこれ、剛志くんに返さないといけないんだけど、今まで忘れてて」

もうしわけなさそうに言うと、シゲは自分のカバンをゴソゴソとあさった。

出てきたのは、一本の折りたたみ傘。

「剛志くんの家に行ったとき、雨が降りはじめちゃって。それから借りっぱなしなんだけど、また返しそびれちゃったなぁ」

「シゲ、剛志の家に行ったのか？」

驚いて、今度は雄天がたずねた。

「まさか、遠足のときみたいに、変ないやがらせをされたんじゃないだろうな？」

「えっ、違うよ。おととい、五人くらいで遊んだんだ。学校が終わったらすぐ、剛志くんの家に集まって。ふつうにゲームしただけだよ」

「なんだ、そうか」

雄天は、ホッと息をついた。二人はふつうの友だちとして、家で遊べるようにもなったってわけか。

やっぱり、あのかけっこ勝負以来、剛志のシゲへのいやがらせはなくなったようだ。

シゲは勇気を持って、イヤなことにははっきり「イヤだ」と言うようになった。剛志も、過去のことをシゲにあやまった。

そう、この二人の問題は、とっくに解決しているのだ。

今さら、おれたちが首をつっこむ必要はない……。

ん？

ちょっと待てよ？

「おい、シゲ。おとといって言ったよな？　家までは、剛志といっしょに行ったのか？」

「えっ？　うん、もちろん」

「帰りの会が終わって、すぐにか？」

「そうだけど……」

雄天の質問に、シゲはとまどいながら答える。その横で、恭平の顔色がサッと変わるのがわかった。血の気が引く、というのは、きっと、ああいう状態を言うのだろう。

ペンケースがなくなったのは、おとといの放課後、児童会の集まりの最中だ。

そしてその時間、剛志はシゲたちと家で遊んでいた。

ここから、導き出される答えは……。

「やばい……」

かすれて、ほとんど消えそうな声で、恭平はつぶやいた。そして、次の瞬間には、風のような勢いで教室の外へとすっ飛んでいった。

剛志は、犯人じゃない。

だとすると、あの手紙が下駄箱に入っているのは、非常にまずい。

「悪い、シゲ！　またな！」

そう言い残し、雄天も走りだした。後ろから、「えっ？　あ、うん、また明日……」というシゲの声が聞こえる。変なヤツ、と思われたかもしれないが、この際、しかたがない。

教室から飛び出し、何人もの生徒たちを追い抜いて、階段へとかける。「廊下は走るな」というのは常識だけど、今だけは目をつむってもらいたい。

ここは三階。一階の昇降口につくまでの間に、なんとか剛志に追いつかなければ。

階段を降りながらチラリと見ると、怜もすぐ後ろから追ってきていた。女子だけど、かなり足が速い。なんともたのもしい仲間である。

そんなことを頭のすみで考えているうちに、雄天と怜は階段を降りきった。剛志は、まだ見えない。

まさか、もう下駄箱で手紙を見てしまったのでは……？

雄天は、よぎる不安を振り払うように、スライディングみたいな体勢で、廊下の角を勢いよく曲がる。

そして……。

いた！

廊下の向こう。五年三組の下駄箱のところに、剛志が立っているのが小さく見える。

今まさに、自分の下駄箱の扉をあけようとしているところを……ちょうど、恭平が呼び止めている。

「あー！　剛志、こんなところにいたのかー！」

呼び止める声は、なんともわざとらしいけれど……さすがは運動神経バツグンの男。自慢の足で、なんとかギリギリ追いついてくれたようだ。あとは、どうにかして剛志の注意をそらして、下駄箱から離れさせれば……。

雄天はちょっと安心して、怜といっしょに、二人にかけよる。その間も、恭平は、剛志の気を引こうと話しかけ続ける。

「剛志に、ちょっと見てほしいものがあるんだけど」

「あ？　見てほしい？　いきなりなんだよ？」

「ふふふ、驚くなよ？　これがおれの、新しい変身ポーズだ！」

「……アホか」

剛志は、生ゴミでも見るような目で恭平を見た。腕を派手に振りまわしている恭平を無視して、下駄箱の扉をあけてしまう。

雄天は、頭をかかえたくなった。

忘れていたが、恭平はアホなんだった。

雄天と怜の二人も、今は剛志に手が届くくらいの位置まで近づいている。けれど、剛志はすでに、自分の下駄箱に手をつっこんで、クツを取り出そうとしていた。

「ん？　なんだこれ？」

そう言って、剛志は下駄箱をのぞきこんだまま眉をひそめた。となりにいる恭平の顔が、あっという間に真っ青になっていく。剛志の手が、下駄箱の中から一枚の紙を引っぱりだし、そして……。

ドンッ

「あっ、ごめんなさい」

なぜか怜が、いきなり剛志にぶつかった。剛志の手から、呼び出し状がひらりと地面に落ちる。

ナイスだ、怜！

心の中でそう叫び、雄天は、かけっこのスタート直前みたいに、グッと腰を落とした。あの呼び出し状を取り返すなら、今しかない。なんとか、剛志がよそ見をしてくれれば……。

けれど、甘かった。剛志はよそ見なんてせず、すぐに、地面に落ちた紙を拾い上げてしまった。ほんのわずかな時間も、スキがなかった。

「ったく、気をつけろよ」

不機嫌そうな声で、剛志はぶつくさと文句を言った。怜は、もう一度「ごめんなさい」と言ったかと思うと、そそくさとどこかへ立ち去ってしまう。

その背中を横目でチラリと見送って、剛志は手の中の紙に目を戻した。

ああ、終わった……。そんな、恭平(きょうへい)の心の声が、今にも聞こえてきそうなほどだった。

けれど。

その紙を見た剛志(つよし)の反応は、まったく予想外のものだった。

「なんだこりゃ。スーパーのチラシ？　なんで、こんなもんが下駄箱(げたばこ)に？」

「えっ？」

不意をつかれたように、恭平がキョトンとする。雄天(ゆうてん)にも、一瞬(いっしゅん)、なにが起こったのかわからなかった。けれど、たしかに剛志の手の中にあるのは、よく新聞にはさまっているような、近くのスーパーのチラシだった。今日(きょう)は豚肉(ぶたにく)が安いらしいが、そんなことはどうでもいい。

よくわからないが、これはチャンスだ。

とっさにそう思って、雄天は剛志に声をかけた。

「おう、剛志」

「ん？　なんだよ、雄天」

「さっき、シゲが教室で捜(さが)してたぞ。なんか、傘(かさ)を返したいって」

「シゲが？　ああ、そういや貸してたな。サンキュ」

そう答えると、剛志は下駄箱をパタンと閉め、階段のほうへと引き返していった。雄天と恭平は、二人そろって、ホッと胸をなでおろす。

剛志の後ろ姿が見えなくなると、雄天は念のため、剛志の下駄箱をあけてみた。どこをどう捜しても、アイツのクツ以外のものは見当たらない。呼び出し状は、完全に消えてなくなっていた。

となると、考えられる可能性は一つしかない。

「世話が焼けるのね」

どこからともなく、そんな声がしたかと思うと、下駄箱のかげから、怜がスーッと音もなく現れた。手に持っているのは、一枚の紙切れ——おそらく、本物の呼び出し状だ。

心の底から感心して、雄天は言う。

「やっぱり、あんたがすり替えてたんだな」

「ええ。地面に落ちる前に、ちょいちょいっとね」

そう答えて、怜は得意気にほほえんだ。カンタンそうに言うけれど、いつすり替えたのか、まったくわからなかった。目にもとまらぬ早業とは、まさにこのことである。

怜が現れてからも、恭平はしばらく混乱していた。十秒くらいたってから、ようやく、なにが起こったのか理解したようである。

恭平は、息がつまったかのように、苦しげな表情でこう言った。

「あの……、四宮さん、ありがとう。それに、迷惑かけてごめん……」

「いいよ、このくらい。それよりこの紙、もういらないんでしょ？」

ビリッ

言うが早いか、怜はこちらの返事も聞かずに、手の中の紙を真横に引き裂いた。一度だけではない。裂いた紙を重ねて、もう一度、さらにもう一度。見る見るうちに、紙は細かくなっていく。

細切れの紙を、怜は両手でギュッギュッと押しつぶした。そして、にぎった手をそっと開くと……。

破いたはずの呼び出し状が、また一枚につながっていた。

「ほら、もとどおり」

「いや、そういうのいらないから」

あきれ返って、雄天がそう言うと、怜は、おかしそうにクスリと笑った。

こうして雄天たちは、間一髪、剛志にぬれ衣を着せなくてすんだ。人助けチームのトリプル・ゼロとして、今回の間違いは「なかったこと」にできたわけだ。

けれど。

それでは、納得できないヤツもいた。

「轟くんの、様子がおかしい?」

ノートから顔を上げて、師匠が聞き返してきた。メガネの奥の両目が、少し細くなる。

「ああ。呼び出し状を間違った、あの日からだ。もう、一週間くらいになるかな」

小さなため息をつきつつ、雄天はそう言った。となりで怜が、コクンとうなずく。

放課後、雄天と怜は、図書館のラウンジに来ていた。机をはさんで、正面に座っているのは師匠。図書館で唯一、おしゃべりが許されているスペースだけど、今は、雄天たちのほかはだれもいない。時計の音が、カチコチと響く。

ちなみに、師匠と怜は初対面である。

「ふむ。つまり、犯人捜しを失敗して、ショックを受けているわけか」

「ああ。恭平も委員長も、かなりツラそうだ」

顔をしかめて、雄天はそう答えた。

事件からもうすぐ十日がたとうとしているけれど、西木のペンケースは、まだ見つかっていない。

どこにでもあるような、ふつうのペンケースなんて盗んでも、なんの得にもならない。つまり、どう考えてもイヤガラセが目的。

西木の暗くしずんだ顔を思い出し、雄天は口をへの字にまげる。

「本当だったら、恭平とも協力して、一刻も早く犯人を見つけなきゃいけないのに。あいつがあの調子じゃあ、そうもいかない」

「まったく。一回間違えたくらいで、あんなに落ち込んじゃって。スパッと忘れちゃえば楽なのにね」

そっけない口調で、怜は言った。冷たく聞こえる。けれど、これでも心配しているのだろう。今日は、トランプをシャッフルしていなかった。

恭平は、なんだか日に日に弱っていくように見えた。ずっと青白い顔をしているし、両目の下にクマができている。

それもこれも、あのたった一つの間違いが原因だ。怜の言うとおり、忘れてしまえれば楽なんだけど……。

「四宮さん、だったね？　たぶん、問題はそうカンタンではないと思うよ」

「えっ？」

「むしろ、轟くんが悩んでいるのは、とても自然なことだ」

とまどう怜に、師匠は語りかける。淡々としたしゃべり方だけど、声には芯が通っていた。

「轟くんは、絶対にやってはならないことをした。たとえるならば、算数の問題を、カンで解いたようなものなんだ」

「カン？　いったいどういうことだ？」

言っている意味がよくわからず、雄天はたずねた。ちょっと考えこむように、アゴに手を当てる師匠。怜は、だまって話の続きを待っている。

「うん。そうだな……たとえば、こういう図があったとする」

そう言うと、師匠はノートに、ササッと鉛筆を走らせた。のぞいてみると、三角形が一つ。

とくにおかしなところもない、ふつうの直角三角形に見えるけど。

「ここの角度が、何度かわかるかい？」

そう言うと、師匠は、三角形の中の一番大きな角を、トントン、と鉛筆の先で示した。一見すると、直角に見える角。

そこでようやく、雄天には、師匠がなにを言おうとしているのか、ぼんやりと見えてきた。首を横に振って、答える。

「いいや。分度器を使わなきゃ、正確な数字はわからない」

「そう、そのとおり。たしかに『直角に見える』から、答えは90度と言いたくなる。けど、それでは算数の問題を解いたことにはならない。だって、89度とか、91度とか

の可能性もあるんだから」

　真剣な表情で、師匠は言った。チラッと怜を見ると、彼女もじっと、ノートの上の三角形を見つめている。直角三角形に見えるけれど、そうでない可能性もある三角形。

　少し間をおいてから、師匠は話を続ける。

「きみたちがやったことは、それと同じなんだ。犯人じゃない可能性があるのに、犯人だと『カン』で決めつけた。そういうのを『冤罪』といってね。決して、あってはならないことなんだ。なにせ、なにも悪いことをしていない人を、『犯罪者』として牢屋に閉じ込めることになるんだから」

　冤罪。

雄天は心の中で、その言葉をくり返してみた。

たしか、テレビかなにかで聞いたことがある。チカンと間違われて、会社をクビになった人の話。殺人犯だと決めつけられて、何十年も牢屋に閉じ込められた人の話。

なにもしていないのに、罪を着せられる。

取り返しのつかない間違い。それが「冤罪」。

雄天と怜がだまっているので、師匠はまた話を続ける。

「『正義』をふりかざすということは、『冤罪』でだれかを不幸にするかもしれない、ということなんだ。警察とか裁判官とかは、『正義』のために働いているわけだけど……そういう危険と、日々となり合わせなんだよ」

師匠の言葉が、カミソリの刃みたいに、雄天の胸に鋭く突き刺さった。恭平があこがれた、正義のヒーロー。それは、戦えば戦うほどに、だれかを不幸にするかもしれないものなのだ。

じいちゃんも、そういう世界で戦ってたのかな。

そんな言葉が、ポツンと心に浮かぶ。若いころは警察官だったという、雄天のじいちゃん。あの人も、今の恭平と同じように、「あってはならない間違い」をしてしまったことが、あるのだろうか。

「……恭平は、自分を責め続けてる。どうにかしなくちゃな」

自分自身に言い聞かせるように、雄天はポツリとつぶやいた。続いて怜が、髪を片手でかき上げながら言う。

「そうね。轟くん、根はマジメだから。このままだと、『あってはならない間違い』をした自分を、ずっと許せないままだと思う」

「ああ。真犯人、絶対に見つけなくちゃならない。そうしないと、恭平の中の『正義の心』が、アイツ自身を押しつぶしちまう」

雄天は、グッと拳を固めた。ペンケースを盗まれた、西木あかりを助ける。そして同時に、恭平を助ける。そう心に決めた。

「犯人を見つければ、同時に委員長も助けられる。一石二鳥だ」

「こら。あかりを『ついで』みたいに言わないの」

「ああ、わりぃ」

苦笑いして、雄天はあやまった。どちらも「ついで」なんかじゃない。必ず、二人とも助ける。

「だけど、どうするの？　犯人の手がかりは、一つもないんでしょ？」

ちょっと心配そうに、怜がたずねてきた。にぎった拳を、雄天は思わずゆるめる。

たしかに。西木のペンケースがなくなってから、十日近くがたっているが、犯人の手がかりはなにもないのだ。先生たちも調べてはいるみたいだけど、なんの情報も出てこない。

そんな状況で、できることなんてあるのか？

すると、雄天の心の中でも見すかしたように、師匠がサラッと、こんなことを言ってきた。

「なにを迷ってるんだい？　きみたちには、こんなときに役立つ『武器』があるじゃないか」

言われて、雄天と怜は顔を見合わせる。

トリプル・ゼロの「武器」といったら。

そう、算数だ。

ふつうの人が思いつかないような、意外な道を教えてくれる、最大の武器。

「算数を使えば、スッパリ解決できるってのか？」

「できるかもしれない。できないかもしれない。あとは、きみたち次第ってわけだよ」

師匠がくれたのは、そんなあいまいな答え。

だけど雄天には、それだけで十分だった。

そうか。そんなの、あたりまえのことじゃないか。

どんなことだって、おれたち次第なんだ。

「……おもしろい」

そう言って、雄天はニヤリと笑った。

正義だとか悪だとか、そんなもの、雄天には関係ない。

ただ、友を救うために。今こそ、たしかめるときだ。

算数が持つ、無限の可能性を。

「待ってろよ、犯人。絶対にあぶりだしてやるからな」

## 3 本当にほしかったものは？

ペンケースがなくなったと先生に言ってから、もう十日はたった。

お気に入りのペンケースは、見つかる気配がない。どこかで見かけた、という話もまったく聞かない。

事件がなにも進展しないまま、今日も授業が終わった。

起立、気をつけ、礼。

さようなら。

日直の号令に合わせて、西木あかりはぺこりと頭を下げた。

クラスメイトたちは、楽しげにおしゃべりしながら、次々と教室から出ていく。

担任の大橋先生は、出入り口に立って、笑顔でみんなを見送っている。

「先生、さよなら！」

「はい、さようなら。気をつけて帰るのよ」

あかりのペンケースは、まだ見つかっていないのに。

みんなの笑顔は、いつもと変わらない。

「あ、西木さん」

あかりが教室の出入り口まで歩いていくと、大橋先生は急に顔をくもらせた。

「ペンケース、まだ見つからないの。先生たちも、がんばって捜してるんだけど……」

「はい……」

うつむいて、あかりは答える。心がざわざわと騒ぐのを、必死でおさえつける。

小声でそれだけ言うと、あかりは廊下に足を踏み出した。階段とは反対の方向に、ゆっくりと歩きだす。

「……さようなら」

今日は、児童会の集まりがある日だ。各クラスの学級委員長が集まって、学校行事とかに向けた話し合いをする。テーマは、たしか来月にある球技大会のことだったか。大会のスローガンとか、当日の役割分担とか……。決めなくてはならないことは、山ほどある。

いろいろ、やること多いなぁ……。

あかりは、児童会室へと向かいながら、ぼんやりと考える。

あかりのやるべきことは、学級委員長としての仕事だけではない。週に二日はピアノ教室に通っているし、週に三日は塾に通っている。もちろん、学校の宿題だってあるし、お母さんの家事も手伝わないといけない。

あかりの毎日は、目まぐるしい。

それでも、四年生のころはよかった。学級委員長になったと言ったら、お母さんはすごくほめてくれた。塾のテストでいい点をとったり、発表会でうまくピアノを弾けたりしたら、ごほうびにケーキを焼いてくれた。

だけど、最近はなにか違う。

勉強が難しくなって、テストでいい点がとれなくなった。なんだかピアノも、うまくいかない。ケーキを焼いてもらえることが、去年と比べてずっと減ってしまった。

勉強とピアノが、うまくいっていないからなのか……学級委員の仕事をしても、あまりほめてもらえなくなった。
あたしは、こんなにがんばってるのに。
それを、だれもわかってくれない。

児童会の話し合いは、いつものとおり、充実したものだった。来月の球技大会を、去年よりもっとよいものにするために。四年、五年、六年の学級委員長たちが、本気で意見をぶつけ合う。

まるまる一時間の話し合いの末、ようやく、今日の集まりは終わった。

帰ったら、塾の宿題をやらなきゃなぁ。

疲れた頭で、あかりは思う。ちょうど、そのときだった。背後からポン、と肩をたたかれて、あかりは驚いて振り向いた。

児童会長の虎山真吾さんが、そこに立っていた。

「西木さん、ペンケース、まだ見つからないんだって？」

「えっ？　あ、はい、そうなんです」

ドギマギしながら、あかりは答える。すると虎山さんは、自分の胸に穴でもあいたように、苦しげな表情をした。

「そっか。もしかしたら、捜す範囲がせまいのかもしれないね。おれのクラスでも呼びかけておくよ」

「あ……ありがとうございます」

あかりはあわてて、ペコリと頭を下げた。

三つ編みがゆれて、メガネがずれる。

おそるおそる顔を上げると、虎山さんは、さわやかなほほえみをこちらに向けてくれた。

背が高くて、やさしくて、カッコよくて、みんなから信頼される児童会長。

その虎山さんが、こんなにも心配してくれている。

でも。

本当は違う。

あたしが本当にほしいのは、「心配」なんかじゃない。

もう一度頭を下げてから、あかりは児童会室を出た。廊下をのろのろと進み、階段を降りる。

だれも、わかってくれない。

あたしは、こんなにがんばってるのに。

終わりのないトンネルを、たった一人で歩くような気分だった。家に、帰りたくない。

暗くしずんだ気持ちのまま、あかりは、自分の下駄箱の扉をあけた。

「あれ？　なにか入ってる？」

クツを取り出そうとして、あかりはそのことに気がついた。クツの上にのっているのは、二つ折りにされた白い紙。なにげなく手に取って、開いてみると……。

いきなり、びっしりと書かれた細かい文字たちが、あかりの目に飛びこんでくる。

心臓(しんぞう)が、止まりそうになった。

ペンケースをかくした人へ

次の問題を解(と)いてください。

問3の答えのところに、あなたへのメッセージを入れておきました。

問1

①「あなたの出席番号」の〝十の位〟と〝一の位〟の数字を入(い)れ替(か)えてください。

②その数に「あなたの出席番号」を足してください。

③その数に〝290〟を足してください。

答え（　　　　　　）

問2

①「あなたの出席番号」の〝十の位〟と〝一の位〟の数字を足してください。

②その数に〝5〟を足してください。

③その数を11倍してください。

答え（　　　　　　）

問3

①「問1の答え」から「問2の答え」を引いてください。

②その数の〝百の位〟が「学年」、〝十の位〟が「組」、〝一の位〟が「出席番号」です。

答え（　年　組　番の下駄箱）

※出席番号が1ケタのときは「01」とか「02」として計算すること

読み終わっても、まだ手がふるえている。

どうして、こんなものが下駄箱に？

あかりは、キョロキョロとあたりを見まわした。シンと静まりかえった、放課後の昇降口。ほかに、人影は見当たらない。

だれのしわざ？

いや、そんなことはどうだっていい。

この手紙の送り主は、いったいなにが目的でこんなことを？

わからない。まるで、わからない。

だって、「ペンケースをかくした人」なんて、最初からいないのだ。

ペンケースは……。

今も、あかりの自室の、机の中に眠っている。

この事件に、犯人はいない。

いや、強いて言うとしたら……。

犯人は、あたし自身だ。

あの日、あかりは児童会の集まりのあと、教室にペンケースを忘れたことに気がついた。急いで戻ると、もう教室は空っぽで、机の上に、ピンクのペンケースがポツンと残っていた。

さびしげに取り残された、ペンケース。それを見た瞬間、あかりの心に、ある一つの考えが浮かんできた。

あたしが困っていれば、みんなだって、きっとあたしを見てくれる、と。

翌日。あかりは担任の大橋先生に、「ペンケースがなくなった」とウソをついた。

あかりの考えは当たっていた。すぐにみんなが近づいてきて、声をかけてくれた。

大丈夫？　早く見つかるといいね。おれらも捜すよ。

最初は、少しだけうれしかった。自分の苦労を、ほんのちょっとでも、わかってもらえた気がしたから。

けれど、それも長くは続かなかった。何日かしたら、次第に、声をかけてくれる人は減っていった。「かわいそう」と思うことにも、あきてしまったのかもしれない。

それに。

今さら気がついた。本当にほしかったものは、「心配」じゃなかった。

あかりは、だれもいない昇降口で、そっと手紙に目を落とす。

みんな、あたしのことなんて、見てないんだから。

この手紙だって、あたし宛のはずがない。きっと、いろんな人の下駄箱に、テキトーに入れてあるんだ。そうに決まってる。

あかりは、手紙を両手で丸めてしまおうと思った。くしゃくしゃにして、どこかに捨ててしまおうと思った。

けれど、できなかった。

ほんの少しだけ、期待してしまったから。

もしも……もしもだけど。

ここにあたしの出席番号「25」を入れて計算して、答えの下駄箱にメッセージが入ってたら。

それは、あたし宛のメッセージってことに、なるよね？

もう一度、ゆっくりと手紙に目を通す。計算は、そこまで難しいものではない。慎重にやれば、暗算でもできる。

問1の答えは、「３６７」。

問2の答えは、「１３２」。

そして「367－132＝235」だから、問3の答えは二年三組5番。

あかりは、そろそろと歩きはじめた。あたりにだれもいないことを、注意深くたしかめてから、二年生の下駄箱にゆっくり近づく。

そんなこと、あるわけない。

あるわけないんだ。

頭では、そう思う。けれど、体は勝手に「二年三組5番」の下駄箱へと吸い寄せられていく。おそるおそる扉に手をかけ、音を立てないように、そっとあけた。

そこには……。
一通の手紙が、あかりが現れるのを待っていたかのように、じっと収まっていた。

> こんなにまわりくどい方法でメッセージをわたすこと、許してください。
> けれど、先生にはこうするしかなかった。
> あなたをこれ以上、傷つけたくなかったから。
> ペンケースのことは、だれにも言いません。
> だって、これはあなただけが悪いわけではないのだから。
> 今まであなたのこと、きちんと見てあげなくて、ごめんなさい。
> つらかったんだよね。
> さびしかったんだよね。
> 周りが少しずつ、あなたを苦しめていたことに、ようやく気づきました。

先生はあなたのことを、もっともっと知りたい。
あなたの悩みも、文句も、不満も、全部全部、受け止めるつもりです。
決して、怒ったりしません。
だって、あなたがだれよりもがんばっていたことを、先生は知っているから。
先生は、あなたの味方です。
なにがあっても、味方です。
打ち明けてくれるのを、待っています。

大橋より

読み終えると、また手がふるえはじめた。
けれど、それはさっきのふるえとは、明らかに違った。
肩から荷を下ろすように。あかりは深く、息をつく。

そっか。
あたしは、こんなふうに言ってほしかったんだ。
あたしがここにいることを、忘れないでほしかった。
がんばってることを、みんなにわかってほしかった。
ただ、それだけだったんだ。
気づくと、ほっぺたを涙が伝っていた。メガネをはずして、両手でぬぐう。
けれど、涙の流れは止まらなかった。
いつまでも、いつまでも、止まらなかった。

## 4 手がかりなんてなくたって

「あら、この箱、後ろに穴があいてる」

さいせん箱の裏側を見て、怜が言った。雄天もためしに、ひょいっと裏をのぞいてみる。たしかに、古くなった木が腐ったのか、手をつっこめるくらいの穴があいていた。

「本当だ。取り放題じゃんか」

「おい、雄天やめろ！　それは犯罪だ！」

「冗談だよ」

あわてる恭平に、雄天は笑ってそう答える。

四月も終わりに近づいた、ある日の放課後。トリプル・ゼロの三人は、神社にお参りにやってきていた。いつだったか、怜と初めて話をした、古くてこぢんまりとしたオンボロ神社。雄天たちのほか、あたりにはだれも見当たらなかった。木々のすきまからこぼれる陽射しが、心地いい。

オンボロ神社に行きたいと言いだした張本人の恭平は、サイフから五円玉を取り出し、そっとさいせん箱に投げ入れた。手を合わせ、なにやら真剣な顔でお祈りしている。

お祈りを終えた恭平に、怜が不思議そうな顔でたずねる。

「アンタ、なにをお願いしたの？」

「算数の成績、ちょっとくらいは上がりますように、ってさ」

「おい、恭平。それは神頼みじゃダメだ。自分でがんばれ」

「うっ……わかってるよ。というか、おまえにだけは『がんばれ』なんて言われたくない」

苦い顔で言い返してくる恭平。そして彼は、ちょっとだまってから、きまりが悪そうに頭をかいた。

「おれさ……。自分なりに、今回のことは反省してるんだ。ごめんね、いろいろと。心配かけたし、結局、事件も解決してもらっちゃったし。おれなんて、ぜんぜんダメだ」

反省、か。

まだ気にしているとは、本当に、マジメなヤツだ。

先日、西木のペンケースが戻ってきた。さすがに、ペンケースが足を生やしてスタスタ歩いてきたわけではないだろうけど、先生は、それ以上はなにも教えてくれない。

けれど、だいたいの予想はつく。

たぶん、犯人が自分から、大橋先生に名乗り出たのだろう。

自分の下駄箱に入っていた手紙を見て、計算をした犯人は、「二年三組5番」の下駄箱へとたどりついた。そして、手紙を見て、「自分が犯人だとバレた」と思って……あきらめてペンケースを返し、あやまった。

手紙を書いたのは、大橋先生のフリをした怜である。大人みたいに字がうまい。

ちなみに教卓には、こんな感じの手紙を入れておいたから……きっと先生も、うまく話を合わせてくれたはずだ。

> 近いうちに、犯人がペンケースを返しにくるかもしれません。
> 怒らないで、とにかく犯人の話を聞いてあげてください。
>
> トリプル・ゼロ

本当は、雄天たちには犯人の目星すらもついていなかった。

というか、解決した今でも、だれが犯人だったかわからない。

あの「問題文」は、クラス全員の下駄箱に入れておいた。そして、だれの出席番号を入れても、答えは「二年三組5番」になるように、問題を工夫した。ちなみに二年三組は、怜の弟・アキラのクラス。出席番号5番は、転校してしまった生徒の番号だから、今は、あの下駄箱は使われていないらしい。

「……誕生日当てゲーム」

雄天がそうつぶやくと、恭平は「えっ？」と驚いた。反応に困っているようである。

フッと小さく笑ってから、雄天は言葉を続けた。

「誕生日当てゲームだよ。おまえがやってたのが、やけに印象に残っててな。あれを応用したんだ。つまり、この解決法を思いついたのは、おまえのおかげなんだ」

「どういうこと？」

「発想自体は、あの手品といっしょだ。こっちに都合のいい答えが出てくるように、計算式を調整する」

雄天は、淡々と説明した。「誕生日当てゲーム」をやって見せている恭平の姿が、思い出される。

あの手品では、たとえば「10月22日」生まれの人だったら、答えが「1247」になる。「答えから２２５を引けば誕生日がわかる」ように、最初から仕組まれているわけだ。「1247－225＝1022」。

考え方は、それと同じ。

あとは、だれの出席番号を入れても「同じ答え」が出てくる計算を、考えだすだけでいい。

もっとも、その小細工に気づかれたり、犯人でない人に手紙を捨てられたりしていたら、オシマイだったわけだけど。

自分たちの幸運をかみしめつつ、雄天は言う。

「しかし、よくうまくいったよな。あの『大橋より』の手紙なんて、だれが読むかわからなかったわけなのに」

「そこは、あたしの文章力のおかげね。『だれにでもあてはまりそうなこと』を書くの、けっこうたいへんだったんだから。感謝しなさい」

髪を片手でかき上げながら、怜がそんなことを言ってきた。

先生は、あなたの味方です。

なにがあっても、味方です。

打ち明けてくれるのを、待っています。


そう。「二年三組5番」の下駄箱に入っていたあの手紙は、完全にハッタリなのである。

怜は「だれだって、ツラかったり、苦しかったりすることはあるでしょ？　そういうときは、味方がほしいものなの」などと言いながら、あの手紙を書いていたけれど……。本当に、犯人の心を動かしてしまうとは、恐れ入った。

すぐれた手品師は、人の心をも知り抜いている、ということなのだろうか。だとしたら、怜には詐欺師の才能もありそうだ。感心しつつも、ちょっとした恐怖すら覚える。恭平も、少し顔を引きつらせているようだった。

けれど。

そんな雄天と恭平に向かって、怜は「なんてね」と肩をすくめてみせた。

「エラそうなこと言ってるけど、じつはあたし自身も、うまくいくとは思ってなかったんだよね」

それを聞いて、雄天は思わず笑ってしまった。

「なんだよ、今回の成功は、たまたまだったってわけか」

「そうね。そもそも、五年三組の下駄箱にしか『問題文』を配ってないんだし。犯人が別のクラスの人だったら、失敗してたわけでしょ？　まあ、失敗したらしたで、また別の方法を考えればいいんだけど」

そんなテキトーなことを言って、怜は恭平にウィンクする。恭平は恥ずかしそうに、苦笑いを浮かべながらこう言った。

「そっか。そうだね。失敗を引きずるのは、ヒーローらしくない」

「恭平。これからも、よろしくたのむぜ」

「あたしからもよろしく」

「……しかたないな。やっぱり、真の主役であるおれがいなきゃ、ダメってことか」

「アンタ、すぐ調子にのるのね」

怜があきれたように、冷たい声を返す。

しかし、恭平はまったく気にしていないようだった。いきなり腕を振りまわし、お得意の変身ポーズ。そして、高らかに宣言した。

「よーし！　おれたちトリプル・ゼロ、これからもバンバン人助けするぞ！」

恭平の声に、木々のざわめきが答える。

というか、植物くらいしか相手にしない。

雄天も怜も、ただ小さくため息をついただけだ。

まあ、これでこそ恭平だな。

肩の力が、ストンと抜けた。

生きていれば、うまくいかないことだっ

てあるだろう。大失敗をすることだって、あるだろう。

けれど、本当に大事なことは、「失敗しないこと」じゃない。失敗をはね返し、何度だって、何度だってチャレンジすることなのだ。

そうやって、自分の武器をみがいていく。

そうやって、人はどこまでも、どこまでも成長できる。

雄天たちの行く先には、無限の可能性が広がっているのだ。

さわぐ恭平を無視して、雄天はポケットに手をつっこむ。一枚の五円玉が、指先にひやりとふれる。

さて、おれはなにを祈ろうか。

雄天は、ボロボロのさいせん箱に向かって、五円玉をはじいた。

# ミッション7 ある日、図書館で

## 0 頂点の二人

「また、こんなところで一人で勉強しているのか」

いつもの図書館のラウンジで、神之内宙は声をかけられた。鉛筆を動かす手を止めて、顔を上げる。

そこには、児童会長――虎山真吾が立っていた。

「やあ、虎山くん」

「ラウンジより、中の勉強スペースのほうが、静かでいいんじゃないか？」

「ここは陽当たりがいいからね。ちょっとくらいうるさくても、明るい場所のほうが勉強もはかどると思って」

「そうか？　変わってるな」

あまり興味もなさそうに、虎山は言った。

変わってる。これまで何度も、神之内宙はそう言われてきた。けれど、どこがどう変わっているのかまでは、よくわからない。自分としては、ごく自然に生きているつもりなのだけど。

壁の時計が、カチコチと鳴る。

「虎山くん、児童会での活動は順調かい？」

「ああ、この上なく、な」

「ふむ。それはよかった」

「本当は、神之内。おまえにも協力してほしかったんだけどな」

残念そうな顔をして、虎山は言う。六年生になった直後、何度も何度も言われたことだった。

——おれは児童会長になる。おまえは副会長になってくれ、神之内。

けれど、ことわった。

せっかく誘ってくれたけれど、宙には、自分が学級委員長やら、児童会副会長やらをやっている姿が、どうもイメージできなかった。

「僕は、まだまだ勉強不足だからね」

「もしそうだとしても、だよ。おまえほどの頭脳の持ち主は、人の上に立つのにふさわしい。六年三組の学級委員長は、本当はおまえがやるべきだった」

「そんなことないよ。僕よりも人望がある人は、たくさんいる」

正直な気持ちで、宙はそう言った。たしかに、「師匠」なんて呼んでくれる人もいるけれど。それはあくまで、一部の人だ。夕陽の丘小学校の人気者である虎山とは、やっぱり違う。

自分は算数しかできない。だから、算数を極める。

児童会は、向いている人に任せるのが一番だ。

けれど。

「もったいないな」

深く、悲しそうなため息をつきながら、虎山は言った。

「おまえしかいない、と思ったんだけどな。今年の児童会は、去年までと違うからさ」

「去年までと、違う？」

「そうだ。児童会っていっても、去年まではたいした力を持ってなかった。先生に言われたことを、そのままやるだけだった。まあ、小学校なんて、どこもそんなものかもしれないけど」

「今年は……きみたちは違うっていうのかい？」

「ああ、違うね」

そう言って、虎山はニヤリと笑った。ふだんのさわやかな、春の陽射しのような笑みとは違う。夜のネオンのようにギラギラした光が、目の奥に宿っていた。

「おれには目標がある」

「目標？」

「ああ。おれは、おれの信じる『正義』のために、児童会長になったんだ」

虎山が、なにかをつかみ取るように、ギュッと右の拳をにぎる。

正義……。

その言葉を、ゆっくりかみしめるように。心の中で、くり返してみる。

なんとも、イヤな響きだ。

「児童会、手伝ってくれる気になったら、いつでも言ってくれ。お前の席は空けておく」

そう言い残して、虎山はラウンジから去っていった。その背中を見送りながら、神之内宙は、静かに考える。

正義をふりかざす者というのは。

時に、ぶつかり合うこともある。

たとえば、戦争がそうだ。戦っている国は、どちらも、「自分たちこそが正義だ」と信じて疑わない。だからこそ問題はややこしく、ねじれて、こじれて、泥沼にはまっていってしまう。

純粋な正義ほど、ぶつかり合ったときの衝撃は大きく、恐ろしい。

トリプル・ゼロのかかげる「正義」。

虎山の言う「正義」。

その言葉から、なんとも不吉な予感を、神之内宙は感じ取っていた。

## あとがき

「算数」って聞くと、イヤな気分になる人もいると思います。

でも、大丈夫。この本は計算ドリルでもテストでもありません。算数を「武器」にして戦う、小学生たちの物語です。

これから始まる〝トリプル・ゼロ〟の活躍を、応援してください。ときには、いっしょに悩んで、いっしょに戦ってください。

そうして、「算数の力」をめいっぱい感じてほしいというのが、僕たちの願いです。この本をあなたに届けた理由です。

あなたはきっと、学校では教えてもらえない「大事なもの」を、僕たちといっしょに探すことになるでしょう。

だって、あなた自身も、物語の主人公なのですから。

僕たちとともに、ステキな物語を作っていきましょう。

トリプル・ゼロ＆向井湘吾より

**作・向井湘吾（むかい　しょうご）**
1989年、神奈川県生まれ。東京大学卒業。高校在学中、日本数学オリンピック予選にてAランクを受賞し、本選に出場。『お任せ！数学屋さん』にて第2回ポプラ社小説新人賞を受賞し2013年にデビュー。ほかの著書に『かまえ！ぼくたち剣士会』『リケイ文芸同盟』などがある。

**絵・イケダケイスケ**
漫画家アシスタント兼イラストレーター。ほかの挿絵作品に、「科学探偵部ビーカーズ！」シリーズなどがある。

2015年5月　第1刷　　　　2018年4月　第6刷

---

ポプラポケット文庫099-1

**トリプル・ゼロの算数事件簿**（さんすうじけんぼ）

作　向井湘吾
絵　イケダケイスケ
発行者　長谷川 均
編　集　門田奈穂子
発行所　株式会社ポプラ社
東京都新宿区大京町22-1　〒160-8565
振替　00140-3-149271
電話（編集）03-3357-2216　（営業）03-3357-2212
インターネットホームページ www.poplar.co.jp
印　刷　中央精版印刷株式会社
製　本　大和製本株式会社
フォーマットデザイン　濱田悦裕　装丁　楯原直子

---


ISBN978-4-591-14510-4　N.D.C.913　223p　18cm